Jean Baudrillard
Short Cuts

Short Cuts 7 Herausgegeben von Peter Gente, Heidi Paris (1950–2002) und Martin Weinmann

JEAN BAUDRILLARD, französischer Soziologe, Philosoph, Literaturkritiker, Übersetzer, Schriftsteller, Fotograf. Geboren 1929 in Reims, Beamtensohn; Germanistikstudium an der Sorbonne (1958–1966); Gymnasiallehrer, Literaturkritiker; übersetzt Peter Weiss, Bert Brecht sowie Texte von Marx und Engels ins Französische; Philosophie- und Soziologiestudium u. a. bei Henri Lefèbvre; Dissertation »Das System der Dinge« (1968); Wissenschaftlicher Assistent (1966–1970); Soziologiedozent (1970–1972); Professur, Université de Paris-X Nanterre (ab 1972); Habilitation »Das andere Selbst« (1987); Mitarbeiter am Institut de Recherche sur l'Innovation Sociale des CNRS (1986–1990); Wissenschaftlicher Direktor des Institut de Recherche et d'Information Socio-Économique (IRIS) an der Université de Paris-IX Dauphine. – Jean Baudrillard lebt in Paris.

JEAN BAUDRILLARD
Short Cuts

Zweitausendeins

Übersetzt von Martin S. Leiby (2, 13), Michaela Ott (1, 8, 10, 12), Gabriele Ricke (6), Markus Sedlaczek (4, 5, 7), Riek Walter (14) und Ronald Voullié (6, 11).

Originalausgabe.
1. Auflage, Februar 2003.

Für die freundliche Erlaubnis zum Wiederabdruck danken Verlag und Herausgeber den Zeitschriften *Lettre International* und *Tumult* sowie den Verlagen Matthes & Seitz, München, und Merve, Berlin.

Lektorat: Ekkehard Kunze und Martin Weinmann (Büro W, Wiesbaden).
Umschlaggestaltung: Sabine Kauf, Plön.
Satz und Herstellung: Dieter Kohler GmbH, Nördlingen.
Druck: Gutmann + Co GmbH, Talheim.
Einband: G. Lachenmaier, Reutlingen.
Printed in Germany.

Dieses Buch gibt es nur bei Zweitausendeins im Versand,
Postfach, D-60381 Frankfurt am Main, Telefon 069-420 8000, Fax 069-415 003.
Internet www.Zweitausendeins.de, E-Mail info@Zweitausendeins.de.
Oder in den Zweitausendeins-Läden in Berlin, Düsseldorf, Essen, Frankfurt am Main, Freiburg, 2x in Hamburg, in Hannover, Köln, Mannheim, München, Nürnberg, Stuttgart.

In der Schweiz über buch 2000, Postfach 89, CH-8910 Affoltern a. A.

ISBN 3-86150-447-2

Zwei Körper nebeneinander, die nicht schlafen und die darum wissen: eine seltsame Kommunikation entsteht zwischen ihnen, aus Achtung vor dem simulierten Schlaf, der sich dennoch durch kleine Anzeichen verrät – ein Atmen, das nicht das des wirklichen Schlafes ist, Bewegungen, die nicht die des träumenden Körpers sind. Aber keiner von beiden will diesen Charme zerstören. Eine Verschwörung im Dunklen, eine Verschwörung der Empfindungen voll köstlicher Spannung.

Man hat viel über die unlösbare Antwort auf die Frage diskutiert: Lügst du? Fragen Sie jemanden neben sich, sehr vorsichtig, um ihn nicht aufzuwecken: Schläfst du? Wenn er antwortet, daß er schläft, lügt er. Er kann aber auch durch Schlafenspielen antworten, was nicht Lügen wäre, sondern Lügenspielen. Das ist ein gewaltiger Unterschied, denn das ist ein Liebesspiel. Die Frage selbst ist ein Liebesspiel, da sie voraussetzt, daß der andere nicht schläft, während sie doch alle Vorsichtsmaßnahmen ergreift, um ihn nicht aufzuwecken. Im übrigen ist das ein und dieselbe Frage: Liebst du? Lügst du? Schläfst du? Und die Antwort: ja, ich liebe – ja, ich lüge – ja, ich schlafe, ist gleich widersinnig. Sie ist nicht gelogen. Sie kommt nur aus einer anderen Welt, die nicht die Wahrheit der ersten ist. »Ja, ich schlafe – ja, ich lüge – ja, ich liebe dich« zeugt von einem wunderbaren Somnambulismus und ist die Summe großer Hellsichtigkeit, was die Beziehungen angeht, die man in der Realität mit Schlaf, Lüge oder Liebe unterhält.

Der teufel der leidenschaft

Ich weiß nicht, was es über die Liebe zu sagen gäbe, denn man kann alles und nichts sagen. Liebe gibt es, das ist aber auch alles. Man liebt seine Mutter, Gott, die Natur, eine Frau, kleine Vögel, Blumen: dieser zum Leitmotiv unserer gesamten durch und durch sentimentalen Kultur gewordene Begriff ist nicht nur das pathetischste und bedeutungsschwerste, sondern auch gleichzeitig das schwammigste Wort unserer Sprache. Verglichen mit dem Kristallzustand der Verführung ist Liebe eher etwas Flüssiges beziehungsweise Gasförmiges. In und durch die Liebe ist alles (auf)lösbar. Durch Liebe alle Dinge in begeisterte Harmonie aufzulösen ist eine Art universelle, unüberbietbare Antwort; die Hoffnung auf eine Welt von idealen Gemeinschaftsbeziehungen. Haß trennt, Liebe vereint. Eros schafft und fördert Verbindungen, Affekte, Projektionen und Identifikationen. »Liebet einander!« Wer hätte jemals sagen können: »Verführet einander«?

Mir ist Verführung lieber, denn sie geht von einer rätselhaften dualen/duellhaften Beziehung, einer werbenden, starken und geheimnisvollen Anziehung zwischen den Lebewesen und Dingen aus. Sie ist keine Form der Antwort, sondern eine Herausforderung, ein Duell, eine geheime Distanz und ein ständiger Antagonismus, auf dem sich Spielregeln ausbilden – ich ziehe diese Form der Verführung mit ihrem Pathos der Distanz der universellen Form der Liebe in ihrem pathetischen Verständnis von Aneinanderklammern vor. (Heraklit: Das Werden gründet in dem Antagonismus zwischen den Elementen, Lebewesen und Göttern, wodurch ihnen auch die Möglichkeit zum Spiel und zur gegenseitigen Verführung eröffnet wird – also kein universelles Fluidum, keine Liebesduselei; die Götter bekriegen und verführen sich gegenseitig. Indem das Christentum die Liebe zum Schöpfungsprinzip erklärte, wurde diesem großen Spiel ein Ende bereitet.)

Ich hielt es daher für möglich, über die Verführung zu sprechen, zumal sie eine duale/duellhafte und intelligible Form ist, im Gegensatz zur Liebe, die sich durch eine individuelle, universelle und inintelligible Form auszeichnet. Vielleicht verdient sogar einzig die Verführung den Namen »Form«, während Liebe gar keine ist: sie ist diffuse Metapher für einen Rückfall der Menschen in Individuation und Subjektivität; Ausdruck des Verlusts an antagonistischer Einzigartigkeit und dualer Intensität;

an ihre Stelle tritt die Erfindung einer allgemeinen Form von Versöhnung, das heißt einer positiven Energie, die die Menschen zusammenführt – welch göttliche Vorsehung, welches große Wunder des Willens und der Vorstellung sollte die Menschen eigentlich dazu bringen, sich zu lieben? Auf welcher verrückten Vorstellung beruht eigentlich das »ich liebe dich«, daß ich Sie liebe, daß die Leute sich lieben, daß wir uns lieben ...? Es ist der Wunschtraum nach Harmonie und Einklang, das Produkt reiner Einbildung, daß es ein universelles Prinzip von Anziehung und Gleichgewicht gibt. Subjektive Einbildung, Wunschtraum, moderne Leidenschaft par excellence.

Wo es weder Spiel noch Regeln gibt, müssen eben Gesetz und Affekt her, ein Allgemeinverfahren für Herzenserguß und Integration, eine Heilsform, die die Trennung zwischen Körper und Geist überwindet, die für jeden verfügbar ist, vor der alle gleich sind und die dem Haß, dem Auserwähltsein, den Benachteiligungen und dem Schicksal ein Ende bereitet: genau so sieht unser Evangelium der Sentimentalität aus, das in der Tat den Tod des Schicksals der Verführung sowie das Ende der Verführung als Schicksal bedeutet.

Diese Erhebung der Liebe zu einer göttlichen Gesetzesinstanz, zu einer ethischen Form universeller Erfüllung, deren letztes Aufleuchten noch unsere Liebessentimentalität beleuchtet (die Liebe muß immer noch überall als moralische Glücksrechtfertigung herhalten), diese Inthronisation stellt die Verführung in ein vages unmoralisches Licht; man akzeptiert sie nur dann, wenn sie ein Spiel bleibt, eine Form des Vorspiels zum eigentlichen Liebesakt (bei den Tieren als Vorspiel zur Fortpflanzung). Die Liebe bleibt die einzige, seriöse und erhabene Finalität, das einzig Absolute, die einzig mögliche Absolution in einem unmöglichen Universum. Jegliche Anwandlung, der Verführung andere Gütezeichen zu verleihen, ist unmöglich angesichts der für die Liebe typischen Mechanismen der Sublimation und der Idealisierung. Die Verführung verfügt über kein Modell, sie kann sich nicht verabsolutieren, da sie an die Fragilität des Scheinhaften gebunden ist – sie sucht auch keine Heils- oder Glücksform, sondern tendiert eher dazu, sich aufzulösen: sie ist also unmoralisch, vor allem aber gehorcht sie keiner Tauschmoral; sie hat den Status eines Bündnisses, einer Herausforderung und einer Allianz, die keine universellen und natürlichen, sondern künstliche und initiierende Formen darstellen. Sie ist daher echt pervers. In der heutigen Situation ist es schwierig, diese Rollenverteilung zugunsten der Liebe anzufechten.

Das Ganze wird noch komplizierter, wenn man mit den Begriffen spielt und sie vertauscht. Da Verführung und Liebe keine präzisen Begriffe sind (sie haben nicht einmal in den großen Deutungssystemen wie beispielsweise der Psychoanalyse Platz), lassen sie sich gegenseitig vertauschen. Genau das tat Robert Maggiori in einer Diskussion, als ich Verführung und Sexualität einander gegenüberstellte. Liebe hat mehr noch als Sexualität das banale Nahziel von Lust und Befriedigung, im Gegensatz zur Verführung, die eine Herausforderung, ein unbegrenztes Spiel, einen ständigen rituellen Austausch, eine unbegrenzte Steigerung, eine geheime Komplizenschaft etc. impliziert. Maggiori wandte ein: »Aber ist die so definierte Verführung nicht ganz einfach ein anderes Wort für Liebe?«[1] Ich versuche jedoch – gerade auch in historischer Hinsicht –, an dieser Unterscheidung festzuhalten. In unserer Kultur hatte die Verführung zwischen Renaissance und 18. Jahrhundert eine Art goldenes Zeitalter. Sie gehörte (wie die Höflichkeit und die Etikette) zum aristokratischen Habitus und war ein strategisches Spiel, ohne besonderen Bezug zur Liebe, die für uns eine andere, nämlich romantisch-romaneske Färbung angenommen hat: Liebe ist nicht mehr zelebriertes Spiel, sondern eine Leidenschaft, eine Fatalität, ein Diskurs. Dieses leidenschaftliche Begehren kann sich sogar bis zur Todessehnsucht steigern: aber dies hat nichts mit der Verführung zu tun. Gewiß, die Liebe hatte höfische Zeremonieformen und in der Mittelmeerkultur des 13. Jahrhunderts auch noch spielerische Formen. Doch in unserem Verständnis definiert sie sich im wesentlichen erst im Übergang vom 18. zum 19. Jahrhundert als Gegenpart zur Verführung, das heißt zum oberflächlichen Spiel der Verführung. Der Bruch zwischen dem dualen/duellhaften, strategischen

Spiel der Verführung und einer individuellen Zwecksetzung nach Erfüllung und Befriedigung, vollzog sich (im 19. Jahrhundert) mit dem Aufkommen und der Anwendung des Triebkonzepts, sei es nun auf individueller oder gesellschaftlicher Ebene. Wie auch immer, eines ist klar: In dieser Konstellation ist kein Platz mehr für das aristokratische Spiel der Herausforderung und Verführung.

Damit, erklärte Maggiori, sei er nicht ganz einverstanden. Er habe »sogar den Eindruck, daß man den Spieß umdrehen und in der Liebe eine größere Herausforderung als in der Verführung sehen könnte. Liebe ist nur dann einfach ›Erfüllung‹, wenn sie in ihrer narzißtischen Version verstanden wird und ich den anderen entweder liebe, weil er mir ähnlich ist, ich mich also verdopple, oder aber, weil er das Gegenteil von mir ist, ich mich also durch die Liebe vervollständige. Nun kann man aber Liebe auch als unentgeltliche Begeisterung ansehen, die nicht auf eine Antwort des anderen wartet; als Herausforderung, die den anderen dazu bringt, mich mehr zu lieben, als ich ihn liebe, kurz: als unbegrenzte Steigerung. Verführung hingegen kann zweckbestimmt sein, eine Taktik, die den anderen in die Enge treiben will.« Gegen diese Begriffsvertauschung gibt es nichts einzuwenden. Verführung und Liebe lassen sich in ihren sublimsten und vulgärsten Formen vertauschen – wodurch jedoch praktisch jede Diskussion darüber unmöglich wird. Und damit kommen wir nun zum Ausgangspunkt zurück.

Nehmen wir einmal eine konkrete, aktuelle Situation: Der Wiederbelebungsversuch einer bestimmten Form von Liebesrhetorik. Aber Vorsicht: man muß sehen, was bei diesem revival eben nur revival oder survival ist, das heißt die Wirkung von Liebessimulation, wie die durch Mangel, Langeweile und Sättigung hervorgerufene Reaktivierung von Gefühl und Leidenschaft. Als heroischer und erhabener Gefühlsausdruck ist die »amour fou« oder der Liebeswahn ohnehin tot. Heute ist etwas anderes im Spiel, nämlich ein *Verlangen* nach Liebe, Gefühl und Leidenschaft; nach Übergang in eine Epoche, in der diese Bedürfnisse bereits in aller Grauenhaftigkeit spürbar sind. Die Generation, die die sexuelle Befreiung, das Begehren und die Lust in allen Formen durchgemacht hat, ist jetzt sexmüde und gibt sich wieder verliebt. Aber Vorsicht: Liebe erscheint bei ihr lediglich als gefühls- und affektmäßiger Zusatz, nicht als Leidenschaft oder Schicksal. So erlebten es nämlich auch andere, romantische und postromantische Generationen. Die unsrige ist lediglich eine neoromantische Reprise. Nach dem ganzen Sex-Pathos nun die neopathetische Liebesbeziehung mit ihren Ansprüchen. Nach der Trieb- und Libidorhetorik nun die neoromantische Leidenschaft. Es heißt jetzt nicht mehr: »Befreit euch sexuell!«, sondern: »Laßt euren Gefühlen und Liebesmöglichkeiten freien Lauf!« Die Liebe gewinnt wieder an Attraktivität (wie zuvor bei einer gewissen Form von Leidenschaft und Verführung), aller-

dings nun von jeglicher ihr vorher anhaftenden Prädestinierung und Fatalität entlastet: Es geht lediglich darum, eine zusätzliche Möglichkeit freizusetzen, und, nach einer so langen Phase von »repressiver Entsublimierung«, wie Marcuse sagen würde, den Weg zu einer progressiven Resublimierung zu bahnen.
Wir erleben auf der sexuellen und gefühlsmäßigen Ebene einen ähnlichen Wiederbelebungsversuch wie auf theoretischer und politischer: die Neuen Philosophen mobilisieren Begriffe wie Dissidenz, Menschenrechte und eine nostalgische Vorstellung über Gesetz, Individuum und Religion gegen den terroristischen und totalitären Staat etc. ... Wir erleben einen Paradigmenwechsel: weg von Sex(ualität) und der Ideologie der Produktionsverhältnisse. Das war wohl zu simpel. Es ist nie zu spät, um Freud und Marx zu überwinden.
Es gibt da also nun eine Form der Liebe, die nur den Abschaum einer Sexkultur darstellt, und man darf sich im Hinblick auf diese neue Stimmung keinen allzu großen Illusionen hingeben, genauso wenig wie bei einem gewissen, heute wieder aufblühenden Typ von Verführung. Wenn eine Unterscheidung zwischen den »edlen« Formen von Liebe und Verführung oft schwierig ist, muß man an der analytischen Differenz zwischen ursprünglichen Formen und Simulationsformen erst recht festhalten. Diese Formen lassen sich daran erkennen, daß es keine Gegensätze mehr zwischen ihnen gibt, so daß

Sex(ualität), Liebe, Verführung, Perversion, Pornographie, alle auf demselben libidinös besetzten Band nebeneinander bestehen, wie auf einem alles aufnehmenden Stereoband oder wie auf einer geometrisch variablen Spur, jeweils mit dem uneingeschränkten Segen der Psychoanalyse. Da haben wir nun das neoromantische Konzert: man fügt dem Sex ganz einfach eine Prise Liebe, Leidenschaft und Verführung bei; genauso hat man es vorher auch schon mit einem Schuß Arbeitspsychologie und konzertierter Aktion am Fließband versucht.

Diese Lage ist deshalb interessant, weil sie ein Symptom ist für die Kurzatmigkeit der sexuellen Befreiung, für die Sattheit und das Ende dieser Wahrheit; Symptom für die gesamte obszöne Konstellation, in der sich Geschlecht und Sexualität befinden (obszön nicht etwa aufgrund der Präsentierung des Geschlechts an sich, sondern weil die Wahrheit eben obszön ist, wenn sie ausgesprochen und offenbart wird).

Wir haben den Zyklus der Sexualität und des Begehrens als Wahrheit ganz durchlaufen. Das ermöglicht uns wieder einmal eine Rückkehr auf frühere, alternative Formen, deren Profil (und Reiz) durch die Vormachtstellung der Sexualität beseitigt waren.

Wieder einmal weiß ich nicht mehr, womit der Anfang zu machen wäre. Wieder zu einer Art Genealogie oder Hierarchie aller Aspekte von Verführung, Leidenschaft, Liebe, Begehren, Geschlecht und Sexualität zu kommen ist zwar eine ungedeckte Wette, für uns aber doch wohl der einzige Weg, wenn wir nicht in einer mehr oder weniger romantisch-sentimentalen Psychologie versacken wollen, die noch ganz im Banne von überholten Metaphysiken des 19. Jahrhunderts steht (so wie die Liebe im allgemeinen).

Verführung ist heidnisch, Liebe christlich. Christus war der erste, der lieben und geliebt werden wollte. Die Religion wird zum Gefühl, zum Leiden und zur Liebe, um die sich die anderen archaisch-antiken Kulturen und Mythologien nicht kümmern; für diese Kulturen besteht die Macht und Beherrschbarkeit der Welt im Spiel der Erscheinungen und Zeichen, in den von ihnen vorgeschriebenen zeremoniellen Regeln, das heißt in den verführerischen Formen par excellence. Es gibt also dabei kein Gefühl, keine Liebe, keine göttliche und natürliche Kraft, auch kein Bedürfnis nach Psychologie und keine subjektive Innerlichkeit, die den Mythos von der Liebe nähren könnte. (Wenn man aber Verführung in ihrer christlichen Version nimmt, wird die Perspektive eine andere: die Verführung beginnt mit dem Christentum; sie ist der diabolische Zauber, der die göttliche Ordnung aufbrechen will; oder es ist, nach Nietzsche, Christus selbst, der daherkommt, um die Leute für sich zu begeistern und durch Psychologie und Liebe zu pervertieren. Als Gegenbeispiel böte sich Griechenland an, wo es keine Verführung gibt, wo die Liebe homosexuell und pädagogisch, eine Tugend, keine Leidenschaft ist.) Es gibt nur das Ritual, das heißt die Ordnung der Verführung. Die Liebe kommt in gewisser Hinsicht erst mit der Zerstörung ritueller Formen auf: sie gewinnt übrigens ihre Energie aus der Auflösung dieser Formen, sie ist eine Art Dissolutionsenergie der Verführung, die deshalb die stärkste und intensivste Form bleibt, weil sie als potentiell nicht freigesetzte Energie in einen strengen und genauen Zyklus eingebunden ist. Eine grausame, archaische und hieratische Form; rein rekursiv funktionierende Zeichen, die im buchstäblichen Gegensatz zur Realität der Welt stehen. Die Beherrschbarkeit des Scheinhaften, ohne Psychologie, Gefühl und Liebe.

Diese Kulturen besaßen eine maximale Intensität, in denen die Liebe und ihre gesamte Heilsmetaphysik wie aus einer Art Dekompression, Dekompensation und Diffusion von bis dahin geheimen, intensiven und anspruchsvollen Formen hervorgingen; die Liebe ist hier also eine proselytische, extensiv-exoterische Energie, während das Ritual eine esoterische Energie ist. Die Liebe ist Gefühlsausdruck, Wärme, Bekenntnis, Kommunikation; Übergang von einem potentiell konzentrierten Energiestadium zu einem Stadium frei strömender Energie, und somit zu einem endemisch-degradierten Zustand. Sie wird also zum Ferment einer demokratischen Volksreligion, im Gegensatz zu den durch eine Regel bestimmten hierarchischen und aristokratischen Ordnungen.

Die Liebe markiert das Ende der Regel und den Anfang des Gesetzes. Der Anfang einer Störung, bei der die Dinge sich über ein affektives Gleichgewicht, gefühlsmäßige Besetzungen, das heißt einen sinnträchtigen Gehalt ordnen und nicht mehr vermöge eines Zeichenspiels mit einem leichteren, flexibleren und oberflächlicheren Gehalt. Gott wird die Seinen lieben, was er vorher niemals getan hatte, und die Welt wird kein Spiel mehr sein. Das haben wir also alles geerbt – und eigentlich ist die Liebe lediglich die Folge dieser Störung, dieser Auflösung der Regeln und eines geregelten Universums, die Auflösung der durch diese Spaltung freigesetzten Energie. Das Spiel bleibt die der Liebe entgegengesetzte Form, es stellt den Raum für das Erfinden und Befolgen von Regeln dar – ein intensiver, nicht-psychologischer, der weltlichen Realität entgegengesetzter Raum, wo die Leidenschaft bekanntlich den Raum der Liebe (einschließlich der Verführung) dominiert: die Liebe verschwindet überall dort, wo wieder nur Regeln und Spiel erfunden werden. Im Vergleich zu der geregelten und äußerst konventionellen Intensität des Spiels oder der Zeremonie präsentiert sich die Liebe eher als frei zirkulierendes Energiesystem. Sie ist also auch als existentielle Leidenschaft mit der gesamten positiven Ideologie ihrer Befreiung und freien Zirkulation beladen; die Liebe ist das Pathos der Moderne.

Das Merkmal einer universellen Leidenschaft wie der Liebe ist, daß sie individuell ist, das heißt, jeder ist auf sich allein gestellt. Die Verführung hat dagegen einen dualen Charakter: Ich kann nur verführen, wenn ich schon verführt bin, und niemand kann mich verführen, ohne selbst schon verführt zu sein. Beide Akteure sind unmittelbar betroffen, sonst gäbe es keine Verführung. Ich kann nicht ohne den anderen spielen, das ist die grundlegende Spielregel, aber sehr wohl ohne Gegenpart lieben. Wenn ich liebe, ohne geliebt zu werden, ist das mein Problem. Wenn ich dich nicht liebe, ist das dein Problem, und wenn jemand mir nicht gefällt, ist das (ebenfalls) sein Problem. Die Liebe ist deshalb eine eifersüchtige Leidenschaft, weil sie eine subjektive Besetzung ist; die Eifersucht ist eine natürliche Dimension der Liebe und hat nichts mit der Verführung zu tun, die eher eine Herausforderung darstellt: die Herausforderung nimmt jedem seine Subjektivität und macht einen von jeglicher Eifersucht frei. In der dualen Beziehung gibt es eben gerade keinen Dritten. Du forderst den anderen heraus, ohne ihn dabei persönlich einengen zu wollen. In der Herausforderung konzentriert sich das größtmögliche Risiko, wobei es aber keine äußere Bedrohung mehr gibt. Im Moment der Verführung konzentriert sich die größtmögliche Faszination; es gibt keine äußere Grenze.

Die Liebe impliziert im Gegensatz dazu immer etwas Territoriales und Exklusives. Jemanden zu lieben bedeutet, ihn von der Welt zu isolieren, seine Spuren zu verwischen, ihm seinen Schatten zu nehmen und ihn einer mörderischen Zukunft auszuliefern. Es bedeutet, wie um einen erloschenen Stern zu kreisen und ihn im schwarzen Licht zu absorbieren. Alles spielt sich im Rahmen eines ungeheuren, an irgendeinen Menschen gestellten Exklusivitätsanspruchs ab. Liebe ist genau dann Leidenschaft, wenn ihr Objekt als Idealziel verinnerlicht wird. Wir wissen, daß dieses Objekt nur dann ein ideales Objekt ist, wenn es tot ist.

Genau das versucht die Eifersucht, eine Leidenschaft, bei der sich jeglicher Hauch von Verführung verflüchtigt hat. (Ich will Liebe und Eifersucht nicht in einen Topf werfen, aber Liebe ist immer eine Art »milde« Eifersucht. Eifersucht geht Liebe vielleicht sogar voraus – sozusagen als Urleidenschaft, was man bei den griechischen (und anderen) Göttern beobachten kann. Sie kannten zwar noch keine Liebe oder Sentimentalität, waren aber ungeheuer eifersüchtig aufeinander.) Im Vergleich zur Verführung ist die Liebe also eher eine diffuse, lose und schlaffe Form, so etwas wie eine schwächere Lösung und eine Art Auflösungsverfahren. Es handelt sich dabei aber um eine pathetische Auflösung, wenigstens in seinen fortgeschrittensten kulturellen Formen, wie sie beispielsweise im Roman auftreten. Und schließlich dieses pathetische Profil in der letzten Form, nämlich der Sexualität, die nur mehr noch eine über den »objektiven« Geschlechtsunterschied artikulierte Art von Beziehung ist. Während die Verführung noch einen zeremoniellen und die Liebe noch einen

pathetischen Charakter hatte, ist die Sexualität nur noch relational und operational. Das Spiel der Zeichen und deren Einsatz geht also von Stufe zu Stufe immer mehr verloren, und zwar zugunsten eines organischen, energetischen und ökonomischen Ablaufs, der auf dem kleinstmöglichen Unterschied – dem Geschlechtsunterschied – basiert.
Es gilt die Mystifikation aufzudecken, die aus dem sexuellen (Geschlechts-)Unterschied den ursprünglichen, fundamentalen Unterschied schlechthin machen will: ein Unterschied, der in einem biologischen Zusammenhang steht und damit also eine unbestreitbare Wahrheit besitzt, und aus dem sich alle übrigen Unterschiede ergeben, das heißt bestenfalls Metaphern sind. Sonderbarer Irrtum! Es wird vergessen, daß die Menschen seit Urzeiten auf künstlichen Wegen, über Zeichenspiele, viel größere differentielle Intensitäten hervorgebracht haben als über den Körper und die Biologie. Jedenfalls haben sie die »natürlichen« Unterschiede immer nur als Sonderfall der künstlichen Unterschiede angesehen. Der reine sexuelle Geschlechtsunterschied ist in der Tat uninteressant (das Yin und Yang sind vielmehr die beiden metaphysischen Pole, zwischen denen sich die die Welt regelnden Spannungen abspielen). In gewissen Kulturen zählt der Unterschied zwischen Krieger/Nichtkrieger, Brahmane/Nichtbrahmane wesentlich mehr als der sexuelle Unterschied: ich will damit sagen, daß diese Unterschiede mehr differen-

tielle Energie hervorbringen; sie beschreiben und ordnen die Dinge mit mehr Genauigkeit und Komplexität. In all diesen Kulturen (nur nicht in der unsrigen) hat der Unterschied zwischen dem Toten und Lebendigen, dem Erhabenen und Gemeinen, zwischen Eingeweihten und Nichteingeweihten eine wesentlich größere Bedeutung als der Geschlechtsunterschied. Die Sexualität stellt in der Tat mit ihrer biologischen Anmaßung den schwächsten und unergiebigsten Unterschied dar, auf den man in gewisser Hinsicht erst dann zurückgriff, als alle übrigen Unterschiede in Vergessenheit gerieten. Jedes naturalistische Differenzierungsprinzip ist notwendigerweise noch armseliger, da es auch nur einer objektiven Funktion Platz macht und weit davon entfernt ist, so ähnlich kunstvoll wie die Zeichen eine minutiöse und genaue Darstellung der Welt zu inszenieren. Wir müssen die Bedeutung, die dem Geschlechtsunterschied fälschlicherweise beigemessen wird, zurückweisen, dies um so mehr, als er heute auf dem besten Weg ist, immer mehr zu verschwinden. Die Sexualität tendiert als kleinste Form dieses Unterschieds auch zur völligen Unterschiedslosigkeit.

Es ergäbe sich also im Verlauf der hier genannten Formen (Verführung, Liebe, Sexualität) eine Art Degradation differentieller Energie, so etwas wie ein Nachlassen der Intensitäten:

– Verführung als Ära eines *ästhetischen* und *zeremoniellen* Geschlechtsunterschieds,

– Liebe und Leidenschaft als Ära eines *moralischen* und *pathetischen* Geschlechtsunterschieds,
– Sexualität als Ära eines *psychologischen, biologischen* und *politischen* Geschlechtsunterschieds (aber dies ist immer weniger der Fall, denn die Unterschiede verwischen sich langsam).

Aus diesem Grund ist Verführung übrigens intelligibler als Liebe, eben weil sie auf einer höheren Ebene ansetzt, auf einer dualen Ebene, in einer perfekten differentiellen Form. Bei der Verführung ist nicht der duale Aspekt mysteriös, sondern vielmehr die vom eigenen Begehren überwältigte bzw. die auf der Suche nach dem eigenen Bild befindliche individuelle Gestalt des Subjekts. Genau diese unsere Figur, die der Liebe, scheint mir inintelligibel zu sein. Das Schicksal setzt sich eben mit einer überwältigenden Evidenz durch. Das Nichtschicksal muß aber noch erklärt werden; übrigens können wir dabei nichts anderes tun, als erklären und Gründe finden, denn irgendwie läßt sich nichts Tiefgründiges über die Banalität der Liebe sagen (die Liebe nimmt jedes Mal eine Art Zwischenposition zwischen Verführung und Sexualität ein, beide sozusagen als ihre entgegengesetzten Pole. Die Liebe geht von den Grenzen der Verführung zu den Grenzen der Sexualität; sie beschreibt ein unüberwindbares Universum, das von einer reinen Form von Differenzierung zur reinen Form von Undifferenziertheit übergeht; ohne eigene Form und als solche eigentlich unbeschreibbar).

Es gibt aber noch einen zweiten großen Niveauunterschied zwischen Verführung, Liebe und Sexualität: nämlich das Verschwinden der rätselhaften Form, denn die Verführung zeichnet sich im Gegensatz zur Liebe hauptsächlich durch ihren dualen und rätselhaften Charakter aus. Die Liebe ist zwar mit allen möglichen Rätseln (der Welt) beladen, aber nicht rätselhaft, sondern im Gegenteil sinnträchtig; sie hat weniger mit dem eigentlichen Rätsel, sondern eher mit dessen Auflösung zu tun. Man will einem einreden, daß die Liebe der Schlüssel zum Geheimnis sei – oder noch schonungsloser: das Geschlecht sei die letztendliche Wahrheit (warum kam diese Wahrheit wohl erst im 20. Jahrhundert wie durch ein Wunder ans Tageslicht?). Man darf nicht daran glauben: Das Rätsel bleibt (ungelöst) und behält seine ganze verführerische Anziehungskraft. Eine weitere Präzisierung ist notwendig: das Rätsel bzw. das Geheimnis ist nicht zu verwechseln mit dem Unverständlichen. Im Gegenteil: das Rätsel ist völlig intelligibel, allerdings kann es weder ausgesprochen noch offenbart werden. Die Verführung ist also unmittelbar verständlich und von blitzartiger Evidenz und andererseits doch unerklärlich und nichtreflexiv, auf die Gefahr hin, sofort zu verschwinden. So auch bei dem Initiationsritus, in dessen Mittelpunkt genau wie bei jedem anderen Spiel eine Grundregel steht, die nicht ausgesprochen werden kann, das heißt, es bleibt ein Rätsel – und trotzdem ist der ganze Vorgang völlig klar, denn nichts ist klarer als ein Spielablauf. Nur das Tiefgründige (der Sinn) ist erklär- und entfaltbar, weshalb ihm auch kein Geheimnis mehr bleibt. Das bereits entfaltete und aufgedeckte Scheinhafte ist nicht erklärbar: Darin liegt sein unlösbares Rätsel, es sei denn, man ersetzt es überall durch eine verordnete Wahrheit.

Genau das zeichnet sich ab im Übergang von der Verführung über die Liebe und die Leidenschaft, dann zum Begehren und zur Sexualität und schließlich zur reinen Pornographie: Je mehr man sich vom Geheimnis und Rätsel entfernt, desto mehr landet man beim Bekenntnis, bei der (Ent-)Äußerung, bei der Enthüllung, beim Abreagieren – kurz: bei der Wahrheit; diese Wahrheit nimmt jedoch in unserer obszönen Kultur einen Zwangscharakter an, sie ist ein Zwangsbekenntnis, eine Zwangsenthüllung von ... Nur: wovon eigentlich? Es gibt nichts zu enthüllen. Woher kommt wohl diese verrückte Vorstellung, daß man das Geheimnis lüften, das heißt die Dinge in ihrer nackten Substanz erfassen kann, nur um zur radikalen Obszönität der Wahrheit und des Realen zu gelangen? Es gibt kein Reales, es hat niemals existiert – und nur die Verführung weiß das, und wahrt das Rätsel. Alle übrigen Formen, und insbesondere die Liebe, sind geschwätzig und weitschweifend, das heißt, sie reden und wollen auch zuviel reden.

Bei der Liebe wird viel gesprochen; sie ist im Gegensatz zur Verführung ein Diskurs, und vielleicht erschöpft sie sich sogar darin. Die Liebe findet im Bekenntnis oft ihren letzten und stärksten Ausdruck. Jedenfalls handelt es sich dabei um eine äußerst zweideutige Sprache (eine wahrscheinlich böswillige und fast unverschämte Sprache): wie kann man denn zu jemandem etwas sagen wie: »Ich liebe dich«, etwas, was zu zerbrechlich ist, um in eine Aussage gefaßt zu werden, und durch sie zerstört werden kann? (Es sei denn, sie zehrte nur von solchem Sprechen und wäre völlig geheimnislos.) Liebe lebt vom Schweigen oder von Antiphrasen wie: »Ich liebe dich nicht«, oder gar: »Ich spreche nicht mehr mit dir«. – Sätze, die noch eine Herausforderung und die Spannung der Verführung enthalten, eine Art imminente Liebe, die aber aufgrund der Weigerung und aufgrund des Charmes der Verneinung die Qualität eines Spiels und den Reiz des Trugbildes behalten.

Übrigens ist das »ich liebe dich« glücklicherweise nicht so gemeint, wie es gesagt wird. Es meint etwas anderes, und man muß es anders wahrnehmen, und zwar in seinem verführerischen Modus (alle Verben weisen einen geheimen Modus auf, der sich hinter dem Indikativ bzw. Imperativ verbirgt: sozusagen eine Art »Seduktivmodus«). In jedem Diskurs findet sich ein grundlegendes Moment von Verführung, so auch in der Liebe (jedenfalls muß man das hoffen); er spielt dabei mit der Äußerung und trifft den anderen im Gegenteil seiner Aussage. So erklärt das »ich liebe dich« nicht, daß man dich liebt, sondern daß

man dich verführen will, was eben nicht dasselbe ist. Es ist ein schwankender, schillernder Satz, der den unendlichen Reiz des Scheinhaften und Sinnlosen bewahrt.
Es ist also völlig unnütz und abwegig, dabei an irgendeinen Sinn zu glauben. Wer an das »ich liebe dich« glaubt, zerstört alles, einschließlich der Liebe, denn er verleiht etwas einen Sinn, das gar keinen Sinn hat. Aber das ist noch der beste Fall, da hier der Diskurs der Liebe durch das Spiel des Scheinhaften geregelt wird. Dem steht die Transparenz des sexuellen Diskurses bzw. Verlangens entgegen, wo jede Spur von Verführung fehlt. Hier hat alles seine Bedeutung und ist unmißverständlich ausgedrückt. Das Rätsel ist also ganz gelöst. Dieses Verlangen birgt kein Geheimnis mehr, da schon alles ausgedrückt worden ist, und wenn es praktisch nur den Ausdruck eines Begehrens bedeutet, brauchen nur noch die entsprechenden Worte gefunden zu werden; es gibt aber kein Spiel des Scheinhaften mehr. So nimmt das »ich liebe dich« eine andere Färbung an: kein »Seduktivmodus«, sondern nur noch ein verzweifelter Optativ: »ich will dich lieben« – »ich will, daß du mich liebst«.
Man kann in der Tat Lacan zustimmen: Es gibt kein Geschlechtsverhältnis[2] oder eine Wahrheit des Geschlechts. Entweder ist das »ich liebe dich« bzw. »ich begehre dich« eine Verführung, oder aber beides drückt lediglich einen Anspruch auf Liebe und Begehren aus – nicht aber Liebe oder Sexualität. Es ist also immer eine verfehlte Begeg-

nung[3], – und Sexualität ist, wie Lacan betont, vielleicht nur die Geschichte dieser verfehlten Begegnung. Aber damit ist nicht das letzte Wort gesprochen, denn die subtilste Spiralbewegung der Verführung beweist uns, daß sie nicht die Geschichte, sondern das *Spiel* dieser verfehlten Begegnung ist und daß sie eine andere Lust in dem reizvollen und absurden natürlichen Geschlechtsunterschied findet. So wird dann aus Herausforderung und Verführung eine Art fürsorgliche Zuwendung und ein Anspruch bzw. Verlangen nach Lust, Liebe und Sex in einem, das heißt, man kümmert sich um dich. »Verführe mich«, »liebe mich«, »bereite mir Lust« und »kümmere dich um mich«. Das alles hat einen bemutternden Zwangscharakter an sich, der sogar in einer quasi fötalen Position von Liebesverlangen enden kann. Seit zwei oder drei Jahrhunderten sind in unserer Kultur alle Liebesformen (einschließlich der Naturliebe) durch Mutterliebe und der damit verbundenen Sentimentalität überdeterminiert. Diese Konstellation der Vereinigung mit der Mutter ist der Gegensatz von Verführung, genau wie Dualität und Verschmelzung Gegensätze sind.

Diese Form von Liebe ist nur mehr noch eine flottierende Libido, die sich praktisch überall verteilt und verzweifelt versucht, ihr Umfeld zu besetzen, wie bei einer Ökonomie, die nicht mehr eine Ökonomie von affektiven Systemen ist, sondern von Subsystemen gehemmter Intensität, von kalten, leidenschaftslosen Systemen zufälligen Typs. Eine *ökologische* Libido, das spezifische Produkt unserer Epoche: überall in homöopathischen und homöostatischen Dosen erhältlich; sie ist das Minimaldifferential des Gefühls und reicht aus, um die soziale und psychologische Nachfrage zu erhöhen. Diese Libido kann ihrem Fließen entsprechend von einer Nische zur anderen abgeleitet und magnetisiert werden: sie entspricht in idealer Weise einem bestimmten Typ von Manipulation. So gelangen wir also über die Auflösungsenergie der Verführung zur leidenschaftlichen Ordnung der Liebe; und das Ganze endet schließlich in einer Art zufälligen Form von Verlangen. Glücklicherweise bleibt doch noch eine Hoffnung zurück, die alles, was ich gerade über die Dominanz des Verlangens gesagt habe, relativiert. Man geht das Risiko ein, dieses Verlangen nach Liebe, Gefühl und Sex(ualität) mißzuverstehen, wenn man auf es als solches eingeht (es ist möglicherweise sogar nur ein Scheinverlangen). Vielleicht geht es diesem Verlangen um etwas ganz anderes: nämlich darum in seiner hysterischen Form letztlich abgelehnt und enttäuscht zu werden; vielleicht will es, daß man ihm nur deutlich macht, daß es so nicht geht. Möglicherweise beruht sogar jeder Diskurs nur auf der heimlichen Hoffnung, bestritten und ausgetrieben zu werden. Das Verlangen kann also mit dem ausgedrückten Begehren und dem Wunsch nach Zuwendung des anderen *spielen,* um ihn nämlich in die Falle zu locken, zu täuschen und damit zu verführen.

Wenn es nun das ist, worauf das Verlangen abzielt, ist es falsch, auf es als solches einzugehen. Auf die Forderung einzugehen, »liebe mich, »verführe mich«, »bereite mir Lust« etc., macht wenig Lust, während wir auf eine Herausforderung oder Verführung unmittelbar reagieren und antworten. Aber wenn die Ambivalenz dieses Verlangens ein Eingehen verbietet, erhält es dadurch doch etwas Verführerisches, es ist eine Art Verführungsversuch. Verführung ist daher auch die beste Antwort.
Letztlich kreisen also alle Formen um sich selbst – um das Zentrum der Reversibilität. Und deshalb ist es auch so schwer, darüber zu reden. Nicht daß darüber nichts zu sagen wäre, die Schwierigkeit liegt vielmehr darin, daß die reversible Ordnung an der linearen Ordnung des Diskurses Revanche nimmt. Glücklicherweise beherrscht man diese Schwierigkeit nie so ganz; doch man kann immer darüber sprechen, auch wenn es nichts zu sagen gibt.

In Wirklichkeit war Liebe nie so schön wie in den Sagen und Romanen. Hat nun diese mysteriöse Leidenschaft die Romanform hervorgebracht oder umgekehrt? Diese Frage bleibt ungelöst. Aber hat es diese mysteriöse Leidenschaft wirklich überhaupt schon einmal gegeben? Besitzt die Liebe einen eigenen Gefühlsausdruck?
Tristan und Isolde. Eine erhabene Liebesgeschichte, eine schicksalhafte, fatale Liebe. Es ist immerhin bemerkenswert, daß in dieser wunderbaren Geschichte die Liebe sich

nicht aus sich selbst entwickelt und lebt: ein magischer Liebestrank ist nötig. Es gibt also keine spontane Berufung des einen für den anderen oder so etwas wie ein Begehren, das sie zusammenbringt, ganz im Gegenteil, diese starke Prädestinierung ist *künstlich,* und zwar in dem Sinne, als sie ein besiegeltes Bündnis ist, ein künstlich besiegeltes, unvermeidbares Schicksal und nicht etwa eine natürliche Gefühlsregung der Seele. Das Schicksal ist immer künstlich, denn es vermittelt sich immer über die tragisch-verhexte Illusion der Zeichen. In diesem Falle (Tristan und Isolde) ist der magische Liebestrank (es wäre falsch, ihn psychologisch als Metapher der Leidenschaft zu interpretieren) das Zeichen für eine wilde Verführung und für den Tod. Ihre Leidenschaft ist eindeutig eine Herausforderung der göttlichen Ordnung: bekanntlich sind die beiden Liebenden wegen Gottlosigkeit verurteilt worden, der von ihnen geteilte magische Liebestrank ist gottlos; denn er besiegelt ein Bündnis von Verführung und Prädestinierung und steht im völligen Gegensatz zu den göttlichen Liebesgesetzen, wo die Zeichen sich in ihrer idealisierten Form austauschen.

Man kommt immer wieder zu der Erkenntnis zurück, daß es keine Liebe gibt, obwohl es sie doch eigentlich geben müßte. Die leidenschaftlichsten Liebespaare in der Romantik endeten schließlich doch alle im gemeinsamen Selbstmord, denn allein dieser gewaltsame Tod kann einen unmöglichen Austausch verabsolutieren; nur durch die direkte Herausforderung des Todes kann einem sonst nicht realisierbaren Gefühl irgendeine Realität verliehen werden. Das Erhabene an der Liebe liegt in der Vorwegnahme des eigenen Todes. Die »amour-passion« verwirklicht sich nur in diesem nicht überlebensfähigen antierotischen und antinatürlichen Taumel. Lieben bedeutet also: die eigene Existenz und die des anderen aufs Spiel zu setzen. Das hat alles nichts mit dem Gefühl des Verliebtseins zu tun, mit dem idealen Zusammentreffen zweier Wünsche und Begehren.

Man kann sich übrigens fragen, ob diese Form von Eros und entfatalisierter Liebe, die zur (gefühlsmäßigen und sexuellen) Tauschform geworden ist, nicht letztlich nur deshalb erfunden worden ist, um der Fatalität des anderen und seinem grausamen Spiel zu entgehen?

Tauschbeziehungen zu knüpfen und Tauschzeichen auszusenden ist der einzige Weg, den Wendungen des Schicksals, der Willkür des Auserwähltsein und den Betörungen sinnloser Zeichen zu entkommen. An die Stelle von magischem Zaubertrank und Herausforderung treten nun Gefühl und Zärtlichkeit. Auf diese Weise kann sich das Leben durch natürlichen (Aus-)Tausch gegen mörderische Listen und Opfer wappnen. Dagegen, von Gott, Teufel, Tod oder Liebe selbst im buchstäblichen Sinn verführt zu werden. Die Lebens- und Liebesform dieses

(Aus-)Tausches bringt eine mörderische Frivolität hervor, die einen vom eigenen Ziel ablenkt.

Eine der wichtigsten Spielereien ist die beliebige Erfahrung von Lust und Unlust – das Schicksal. Diese Erfahrung bleibt aber allein Gott überlassen. Lieben und Geliebtwerden ist dagegen zweitrangig; das bleibt den Menschen überlassen – eine pathetische Konstellation von Stimmungen, Wünschen und Gesichtern.

Die meisten wollen nicht verführt, sondern geliebt werden. Sie bevorzugen den Liebesbeweis in einer Art Dienstleistung. Vielleicht beruht der Anspruch, geliebt zu werden, auf der Angst vor dem Verführtwerden, und wahrscheinlich muß man lieben, um nicht mehr verführen zu müssen. Lieben bedeutet eine Art psychologischer Inzest, ein pathetisches Verschmelzen und Aneinanderklammern, das gegen das grausame Spiel der Verführung gerichtet ist. Nirgendwo hat die Liebe im Grunde genommen einen eigenen Ausdruck von Bewegung *(eppure si muove!*[4]*)*. Entweder hebt sich die leidenschaftliche und schicksalhafte Liebe in der Form von Herausforderung und Schicksal auf, oder in der Form von Austausch und Verlangen, die doch letztlich nur die Form einer konterkarierten Verführung ist. Folgende Geschichte mag das illustrieren. Zwei Eheleute streiten sich, wobei die Frau dem Mann vorwirft: »You give me love because you want sex!« Der Mann antwortet darauf: »You give me sex because you want love!«

Welch wunderbare eheliche Arbeitsteilung! Eigentlich sind Sex und Liebe nichts, was sich (aus)tauschen ließe; sobald sie freilich im Haushalt weltliche Formen annehmen, werden sie äquivalentförmig und lassen sich tauschen. Verläßt man die sublime Form des Schicksals, fällt man in die quasi unbewußte (subliminale) Tauschform, in der alle Kompensationen und Substitutionen möglich sind: »Du gibst mir Sex, ich gebe dir Liebe.«

Sexualität und Affektivität können sich immer in etwas anderes verwandeln, Substitutionsformen gibt es immer. In jedem Tauschverhältnis gibt es Tauschmöglichkeiten, nicht aber bei der Verführung. Sie ist eben kein Tauschverhältnis, sondern eine Herausforderung. Bei der Verführung kann es kein Gleichgewicht und keine Optimierung der Tauschbeziehungen geben; auf sexueller Ebene ist dies zwar ebenfalls schwierig, aber immerhin noch möglich. Das Fehlen von Verführung ist daher der einzige tödliche Mangel.

Übrigens ist das der Sinn unserer Geschichte von den zwei Eheleuten; beide widerlegen in der Tat, hinter ihrem Groll, eben die Möglichkeit, daß sich Sex und Liebe gegeneinander tauschen lassen. Eigentlich wollen beide die Verführung. (Es ist, wie gesagt, die Geschichte einer konterkarierten Verführung.)

Übrigens: eine Frau verzeiht einem zwar, daß man sie nicht liebt (mit der Liebe und dem Sex kommt man schon irgendwie immer klar), aber niemals, daß man sie nicht

verführt hat bzw. daß jemand anderes es konnte. Das ist das einzige, was nicht wiedergutgemacht werden kann, und auch wenn man ihr noch so viel Liebe oder Zärtlichkeit schenkt: Sie wird sich immer grausam rächen. Da sie einen nicht verführen konnte, wird sie nun versuchen, einen zu vernichten. Alle Sünden [pêchés] durch Sex und Liebe sind verzeihlich, da sie keine Kränkungen [offense] sind. Die Verführung aber trifft wirklich den wunden Punkt der Seele und allein der Mord [meurtre] stiftet hier Frieden.[5]
Daher spreche ich auch vom »Malin Génie de la Passion«, vom Teufel der Leidenschaft. In den leidenschaftlichsten, schönsten und verzweifeltsten Gefühlsregungen steckt immer jener Teufel, der den anderen in die Falle locken möchte. Das naivste und glücklichste Moment der Liebe birgt die gleiche diabolische Versuchung; in einem perversen Akt diesen Teufel zu beschwören.
Etwas allerdings gibt es, das stärker ist als die Leidenschaft: die Illusion. Noch stärker als Sex und Glück ist die Leidenschaft der Illusion. Immer wieder verführen ... Die Verführung als Illusion, als Teufel der Leidenschaft untergräbt die Macht der Erotik durch die majestätische Macht des Spiels und der List – selbst im Taumel stellt sie Fallen auf, selbst im siebten Himmel noch gebietet sie über die teuflischen Listen der Hölle.

Die endgültige Lösung

oder die Rache der Unsterblichen

Daß es eine endgültige Lösung gebe, ist unser tiefstes Phantasma, auch das der Wissenschaft. Das Phantasma der Unsterblichkeit durch Kryogenisierung oder Tiefgefrieren, oder durch Reduplikation, Klonen und all den sonstigen Formen.

Das berühmteste Beispiel ist Walt Disney in seinem mit flüssigem Stickstoff gefüllten Sarg. Er zumindest ist ausersehen, in Gänze wiederaufzuerstehen, da er vollständig kryogenisiert wurde. Heute tauchen andere Varianten auf, die ebensoviele experimentelle Chimären sind. So kryogenisiert man in Phoenix, Arizona – einem Ort, der wie prädestiniert scheint, um dort (aus der Asche) wiederaufzuerstehen – nur mehr Köpfe ohne Körper, da man hofft, das gesamte Individuum vom Gehirn aus, das man als seinen Kern betrachtet, wieder zum Leben erwecken zu können. Darüber hinaus, und im Gegensatz zu diesen kephaloiden Wesen, klont man in bestimmten Laboratorien jenseits des Atlantiks akephale, also kopflose Mäuse und Frösche, in der Erwartung, schließlich auch akephale Menschen klonen zu können, die als Lager für Ersatzorgane dienen könnten. Wenn der Kopf als Sitz des Bewußtseins betrachtet wird, dann ist es besser, akephale, kopflose Kreaturen herzustellen, damit man über ihre Organe ohne allzu große moralische und psychologische Probleme frei verfügen kann.

Das sind einige Formen experimentellen Klonens. Doch Klonen, und damit automatische Unsterblichkeit, gibt es auch in der Natur. Sie steckt im Herzen unserer Zellen. Normalerweise sind diese dazu bestimmt, sich soundsovielmal zu teilen und dann zu sterben. Wenn es im Verlaufe dieser Teilungen zu Störungen kommt (eine Veränderung des Antitumorgens oder der apoptotischen Funktion), wird die Zelle zu einer Krebszelle: *sie vergißt zu sterben,* sie vergißt, wie man stirbt. Sie wird sich selbst zu Milliarden identischer Kopien klonen, die einen Tumor bilden. In der Regel stirbt das Subjekt daran, und die Krebszellen sterben mit ihm. Im Falle der Henrietta Lacks aber wurden Tumorzellen, die man ihr zu Lebzeiten entnommen hatte, im Labor kultiviert, und diese vermehrten sich weiterhin ohne Ende. Weil sie ein besonders virulentes und beachtenswertes Muster darstellten, wurden sie in die ganze Welt verschickt, und – an Bord des Satelliten *Discoverer 17* sogar bis in den Weltraum. Auf diese Weise dreht der zerstreute, molekular geklonte Körper der Henrietta Lacks auch Jahre nach ihrem Tod weiterhin seine unsterbliche Runde.

Etwas ist in uns verborgen: der Tod. Etwas anderes aber lauert in jeder unserer Zellen auf uns: zu sterben zu vergessen. Das ist die Unsterblichkeit, die uns erwartet. Man spricht immer vom Kampf der Lebenden gegen den Tod, nicht aber von der umgekehrten Gefahr. Nun müssen wir aber gegen die Unmöglichkeit des Sterbens kämpfen. Beim geringsten Nachlassen der Lebewesen in ihrem Kampf um den Tod, in ihrem Kampf um die Teilung, die Geschlechtlichkeit, die Andersheit, werden sie wieder unteilbar, mit sich selbst identisch und also unsterblich.
Entgegen allem Anschein hat die Natur zunächst unsterbliche Wesen geschaffen, und nur dadurch, daß wir den Tod nach hartem Ringen errungen haben, sind wir zu jenen Lebewesen geworden, die wir sind. Von Blindheit geschlagen träumen wir davon, nach dem Tod in die Unsterblichkeit überzugehen, während diese doch unser verhängnisvollstes Schicksal darstellt, das in das frühere Leben unserer Zellen eingeschrieben ist und an das wir heute mit dem Klonen wieder anknüpfen. (Nach Freud ist der Todestrieb nichts anderes als diese Sehnsucht nach jenem geschlechtlich nichtdifferenzierten und nichtindividuierten Zustand, in dem wir uns befanden, bevor wir sterbliche und diskontinuierliche Wesen wurden – wobei

der wahre Tod weniger im physischen Verschwinden des individuellen Wesens besteht als vielmehr in der Regression auf einen undifferenzierten Minimalzustand des Lebendigen.)

Die Evolution der Biosphäre führt von unsterblichen Wesen zu sterblichen Wesen. Von der absoluten Kontinuität bis zur Unterteilung des Selben – die Einzeller – nähert man sich Schritt für Schritt der Geburt und dem Tod. Dann wird das Ei von einem Keim befruchtet, und die Keimzellen spezialisieren sich: Das Wesen, das aus ihnen hervorgeht, wird nicht länger einer der beiden sein, die es hervorbringen, sondern eine einzigartige Kombination. Es kommt zum Übergang von der puren Reproduktion zur Zeugung. Erstmals werden die ersten beiden sterben, und zum erstenmal wird der Dritte geboren: Wir sind im Stadium der ausdifferenzierten, geschlechtlich differenzierten, sterblichen Wesen angekommen. Die vorherige Ordnung der Viren, der unsterblichen Wesen, setzt sich fort, doch von nun an ist diese Welt ewiger Wesen in die Welt sterblicher Wesen eingehüllt. Den Sieg haben in der Evolution die sterblichen und diskontinuierlichen Wesen davongetragen: wir. Doch ist das Spiel noch nicht aus und eine Umkehrung stets möglich. Nicht nur in der viralen Revolte der Zellen, sondern auch in unserem gegenwärtigen gigantischen Unternehmen (dem Unternehmen der Lebewesen selbst), ein homogenes und kontinuierliches Universum zu schaffen, ein diesmal künstliches Kontinuum, in dem wir mit all unseren technischen und maschinellen Medien, unseren gewaltigen Kommunikations- und Informationssystemen gerade dabei sind, einen perfekten Klon zu konstruieren, ein identisches Double unserer Welt, eine virtuelle Replik der Welt, die in eine Reduplikation ohne Ende mündet.

Diese pathologische Unsterblichkeit, die die Unsterblichkeit der Krebszelle ist, reproduzieren und kopieren wir gegenwärtig sowohl auf der Ebene des Individuums als auch auf der der Gattung.

Das ist die Rache der unsterblichen und undifferenzierten Wesen gegenüber den sterblichen und geschlechtlich differenzierten Wesen. Das ist es, was man als die endgültige Lösung bezeichnen könnte.

Nach dieser großen Revolution innerhalb der Evolution, die die Heraufkunft der Sexualität und des Todes darstellte, kommt nun die große Involution – jene Rückentwicklung, die durch das Klonen und vielfache andere Techniken darauf abzielt, uns von der Sexualität und vom Tod zu befreien. Während sich das Lebendige im Laufe der Jahrmillionen alle Mühe gab, das Selbe vom Selben und sich selbst von dieser Art Inzest und ursprünglicher Entropie loszureißen, sind wir mit all unserem wissenschaftlichen Fortschritt dabei, durch Annullierung der Differenzen erneut die Bedingungen dafür zu schaffen und auf die Desinformation, das heißt den Verlust aller Geformtheit der Gattung hinzuarbeiten.

Hier stellt sich nun die Frage nach dem Schicksal der Wissenschaft. Sind ihre Erfolge nicht Teil einer (perversen?) Wendung der Evolution, die zu einer totalen Involution führen würde? Und wäre diese endgültige Lösung, auf die wir unbewußt hinarbeiten, nicht die heimliche Bestimmung der Natur wie auch all unserer Bemühungen? Dies wirft ein unerwartetes Licht auf all das, was wir heute noch für eine positive Entwicklung halten.

Die wahre, die einzige sexuelle Revolution ist die der Entstehung der Sexualität im Laufe der Evolution der Lebewesen. Die Revolution einer Dualität, die der ewigen Ungeteiltheit, der Fortdauer des Selben und der endlosen Unterteilung ein Ende setzt. Es handelt sich also auch um eine Revolution des Todes. Die umgekehrte Bewegung, die wir gerade vollziehen, ist die Involution der Gattung diesseits der Revolution des Sexuellen und des Todes. Eine gewaltige revisionistische Bewegung innerhalb der Evolution des Lebendigen.

Die »sexuelle Befreiung« ist in dieser Hinsicht völlig ambivalent. Denn wenn sie auch in dieselbe Richtung zu gehen scheint wie die sexuelle Revolution, deren Krönung sie wäre, so erweist sie sich in ihren Auswirkungen als vollkommener Gegensatz zu letzterer. Die erste Phase ist die der Trennung von sexueller Aktivität und Zeugung: Empfängnisverhütung, Pille usw. Die zweite Phase, deren Konsequenzen noch schwerer wiegen, ist die der Trennung von Fortpflanzung und Sex. Der Sex hatte sich von der Fortpflanzung befreit, heute ist es die Fortpflanzung, die sich vom Sex befreit. Eine entsexualisierte biotechnische Fortpflanzung, die von der künstlichen Befruchtung bis hin zum vollständigen Klonen reicht. Auch dies ist eine Form der Befreiung, die jedoch zur anderen im Widerspruch steht. Wir waren sexuell befreit, nun sind wir vom Sex befreit, das heißt der sexuellen Funktion virtuell ledig. Bei den Klonen, und bald auch bei den Menschen, wird die Sexualität am Ende ihrer totalen Befreiung zu einer nutzlosen Funktion. Auf diese Weise markiert die sexuelle Befreiung, die gleichsam als die Krönung der Entwicklung geschlechtlich differenzierter Wesen angetreten war, in ihren letzten Konsequenzen das Ende der sexuellen Revolution. Es handelt sich um dieselbe Ambivalenz wie im Falle der Wissenschaft. Die Wohltaten, die wir von ihr erhofften, sind unauflösbar vermischt mit ihren unheilvollen Folgen oder ihren perversen Gegeneffekten. Und der Tod? Da er mit dem Sexus verbunden ist, muß er wohl irgendwie dasselbe Schicksal erleiden. Es gibt nämlich in der Tat eine Befreiung vom Tod, die mit der sexuellen Befreiung einhergeht. Auf dieselbe Art und Weise versuchen wir, Leben und Tod voneinander zu trennen, um natürlich nur das Leben zurückzubehalten, und den Tod zu einer nutzlosen Funktion zu machen, auf die man ebenso verzichten können sollte wie auf den Sex bei der Fortpflanzung. Den Tod als schicksalhaftes wie

auch als symbolisches Ereignis zu entprogrammieren und ihn nur noch als virtuelle Realität, als Option, als Alternative ins Betriebsprogramm des Lebewesens einzubeziehen. Nach dem Vorbild jener virtuellen Realität des Sex, jenes Cybersex, der uns in Zukunft erwartet, gewissermaßen als Attraktion. Denn all diese nutzlos gewordenen Funktionen – der Sex, das Denken, der Tod – werden nicht einfach verschwinden, sie werden als Freizeitaktivitäten recycelt werden. Den nutzlos gewordenen Menschen selbst wird man dann als ontologische Attraktion erhalten können. Eine neue Variante dessen, was bereits Hegel als »das sich in sich selbst bewegende Leben des Todes« bezeichnete. Aus der Vitalfunktion, die der Tod einmal war, würde er zu einem Luxus, einer Zerstreuung. Ob in einer zukünftigen Gesellschaft, die den Tod wohl eliminiert haben wird, die künftigen Klone sich dann vielleicht den Luxus des Todes leisten und erneut – dann in der Simulation – sterblich werden könnten *(cyberdeath)*?
Eine Art Vorwegnahme des Klonens bietet uns die Natur selbst in Form der Zwillinge – die halluzinierende Situation der Verdoppelung desselben, der ursprünglichen Symmetrie, der wir nur durch eine Zäsur, einen Symmetriebruch entkommen. Vielleicht sind wir ihr aber niemals völlig entkommen, und mit dem Klonen würde diese Halluzination des Zwillings, von der wir uns niemals wirklich lösen konnten, nur zu neuem Leben erweckt, wie auch die Faszination für eine Art archaischen Inzest mit

jenem Urdouble (zu den dramatischen Konsequenzen, die sich daraus ergeben, siehe den Film *Dead Ringers,* »Die Unzertrennlichen«, von Cronenberg).
Meistens bleibt dieses Zwillingstum symbolisch, wenn es sich aber materialisiert, illustriert es das Wunder jener ungeteilten Trennung [séparation indivise], die in jedem von uns vorhanden ist (einige haben sogar behauptet, ihre biologische Spur wiedergefunden zu haben). Daher rührt vermutlich die Verdammung und der Fluch, die in allen Kulturen auf dem Zwillingstum lasten, und – auf der anderen Seite dieses Fluchs – der ewige Gewissensbiß der Individuation. Erst mit der »ontologischen« Zäsur des Bruchs mit dem Zwilling setzt das individuelle Wesen ein und folglich die Möglichkeit einer Andersheit und einer dualen Beziehung. Wir sind individuierte Wesen – und wir sind stolz darauf –, irgendwie aber – in einem noch tiefer reichenden Unbewußten als dem Unbewußten der Psychologie – haben wir uns niemals davon erholt.
Gibt es denn nicht tatsächlich eine gewisse Besessenheit, eine Sehnsucht nach diesem Double, und, noch weiter reichend, nach all den vielen Unseresgleichen, von denen wir im Laufe der Evolution losgerissen wurden? Gibt es in diesem Zusammenhang nicht tatsächlich einen ewigen Gewissensbiß der Individuation?
In der Tat gibt es eine doppelte Reue: Nicht nur die Reue über die individuelle Emanzipation gegenüber der Gattung, sondern auch – in einem tieferen Sinne – die Reue

der geschlechtlich differenzierten Lebewesen gegenüber dem Reich des Anorganischen. So ist das nun einmal. Jede Befreiung wird als Anomie und als Verrat erlebt, also als Quelle einer endlosen Neurose, die immer schlimmer wird, je weiter man sich von diesem Ursprung entfernt. Es ist schwer, die Freiheit, ja vielleicht sogar das Leben selbst als Bruch mit der anorganischen Kette der Materie zu ertragen. Das ist die Rache der Materie, der Gattung, der unsterblichen Wesen, über die wir gesiegt zu haben glaubten.

Muß man in diesem kollektiven Phantasma der Rückkehr zu einer ungeteilten Existenz, zum Schicksal des undifferenzierten Lebewesens, in dieser Drift in Richtung einer indifferenten Unsterblichkeit, nicht eine Form der Reue des Lebendigen gegenüber dem Nichtlebendigen sehen – eine aus der Tiefe der Zeiten stammende Reue über einen revolutionierten Zustand, der aber dank und kraft unserer Techniken wieder zu einer Art stillem Zwang wurde?

Handelt es sich um einen Wunsch, mit dem genetischen Zufall der Differenzen, mit den Wechselfällen des Lebendigen Schluß zu machen? Sind wir nicht des Sexus und der Differenz, der Emanzipation und der Kultur müde? Die gesellschaftliche wie die individuelle Welt bieten zahlreiche Beispiele für diesen Schwächeanfall, diesen Widerstand oder diese nostalgische Treue einem früheren Zustand gegenüber. Wir haben es hier mit einer Art Revisionismus zu tun, einer schmerzhaften Revision der

gesamten Evolution des Lebendigen und der menschlichen Gattung im besonderen – die nicht in der Lage ist, sich ihrer Vielfalt, ihrer Komplexität, ihrer radikalen Differenz, ihrer Alterität zu stellen.
Das kann aber auch ein Abenteuer sein: Die Verkünstlichung des Lebendigen soweit wie möglich zu treiben, um zu sehen, wer diesen Test im Naturmaßstab überleben wird. Sollte es sich erweisen, daß nicht alles geklont, programmiert, genetisch und neurologisch kontrolliert werden kann, dann wird man den, der überlebt, wirklich als »menschlich« – im Sinne der unzerstörbaren und der Entfremdung entzogenen Form des Menschlichen – bezeichnen können. Natürlich besteht bei dieser experimentellen Drift die Gefahr, daß nichts übrig bleibt, daß die Menschheit schlicht und einfach ausgelöscht wird.
Das war das Experiment von *Biosphere II:* die künstliche Synthese aller Gegebenheiten des Planeten, die ideale Duplikation der menschlichen Gattung und ihrer Umwelt. *Biosphere II* zeigte im Kleinen, daß die Gattung und der ganze Planet *(Biosphere I)* zu ihrer eigenen virtuellen Realität geworden waren, daß sie unter der gigantischen geodätischen Kuppel der Information bereits einem unwiderruflichen experimentellen Schicksal ausgeliefert waren. Doch handelt es sich überhaupt noch um die menschliche Gattung? Ist eine Gattung, die danach strebt, sich künstlich unsterblich zu machen und sich in reine Information zu verwandeln, überhaupt noch menschlich?

Der Mensch ist unvoreingenommen: Er ist sein eigenes Versuchskaninchen, und als solches betrachtet er auch den Rest der belebten oder unbelebten Welt. Er setzt munter das Schicksal seiner eigenen Gattung wie auch das aller anderen Arten aufs Spiel. In seinem blinden Verlangen nach mehr Wissen programmiert er mit derselben Ungeniertheit und Grausamkeit sowohl seine eigene Vernichtung wie auch die der anderen. Man kann ihm aber keinen höheren Egoismus vorwerfen. Er opfert sich für ein experimentelles Schicksal, das den anderen Arten unbekannt ist, die bisher nur ihrem natürlichen Schicksal ausgeliefert waren. Und während mit diesem natürlichen Schicksal so etwas wie ein Erhaltungstrieb verbunden zu sein schien, wischt dieses jüngste experimentelle Schicksal jeden derartigen Begriff vom Tisch. Ein Zeichen dafür, daß sich hinter der ökologischen Obsession des Schützens und Erhaltens, die eher auf Nostalgie und Gewissensbissen beruht, bereits eine ganz andere Tendenz durchgesetzt hat: nämlich die Tendenz, die Gattung einem grenzenlosen Experimentieren zu opfern.

Eine doppelt widersprüchliche Bewegung: Als einzige von allen Arten strebt der Mensch danach, sein unsterbliches Double zu konstruieren und auf diese Weise die natürliche Auslese durch eine künstliche Auslese zu vollenden, die ihm ein absolutes Privileg einräumt. Damit setzt er aber der natürlichen Auslese ein Ende, die dem Gesetz der Evolution gemäß den Tod jeder Art implizierte – die eigene eingeschlossen. Er verstößt damit gegen die symbolische Regel, und in seinem Hochmut, mit der Evolution Schluß zu machen, leitet er die Involution seiner eigenen Gattung ein, die dabei ist, ihre Spezifität, ihre natürliche Immunität zu verlieren. Nun geht aber das Sterben der künstlichen Arten noch schneller vonstatten als das der natürlichen Arten, so schnell, daß die Gattung auf den Wegen des Künstlichen vielleicht umso schneller ihrem Ende entgegengeht.

All dies beruht auf einer äußerst seltsamen Wahrheit: Allem Anschein nach fällt es der Menschheit schwer, sich mit sich selbst zu versöhnen. Parallel zur Gewalt, die sie gegen die anderen Arten ausübt, tut sie sich selbst eine ganz eigentümliche Gewalt an, mit der sie sich von nun an als Überlebende einer künftigen Katastrophe behandelt. Als würde sie bei aller Überzeugtheit von ihrer eigenen Überlegenheit eine Evolution bereuen, die sie zu einem derartigen Privileg geführt und in gewisser Weise über ihr Ende als Gattung hinausgeführt hat. Wir haben es hier mit derselben Konjunktur zu tun wie bei der Überschreitung der Schwelle der Geschichte bei Canetti, außer daß es hier um die Überschreitung der Schwelle der Gattung geht – also um etwas noch Fundamentaleres –, um die Überschreitung eines Punktes, jenseits dessen nichts mehr human oder inhuman ist (bei Canetti ist es jener Punkt, jenseits dessen nichts mehr wahr oder falsch ist), und daß es nicht mehr nur um den Taumel der Geschichte in der »Posthistoire« geht, sondern um den Taumel der Gattung in der Leere.

Sollte die Gattung – auf einem unerwarteten Umweg – an das Gesetz anknüpfen, das bei bestimmten Tierarten zu beobachten ist, die an der kritischen Sättigungsgrenze der Population automatisch auf eine Art kollektiven Selbstmord zusteuern?

Die Unmenschlichkeit dieses Unternehmens zeigt sich in der Abschaffung all dessen, was an uns menschlich, allzumenschlich ist: unsere Wünsche, unsere Mängel, unsere Neurosen, unsere Träume, unsere Behinderungen, unsere Viren, unsere Delirien, unser Unbewußtes und selbst unsere Sexualität – all die Züge, die spezifische Lebewesen aus uns machen, gelten als verjährt. Jede Genmanipulation ist von einem Idealmodell durch Eliminierung aller negativen Züge besessen. So gibt es auch in *Biosphere II*, dem experimentellen Prototyp all dessen, keine Viren, keine Keime, keine Skorpione, keine sexuelle Reproduktion. Alles ist mittels Transparenz, Desinkarnation, Desinfektion und Prophylaxe gesäubert, immunisiert, immortalisiert.

Die Resorption des Lebendigen im Überlebenden vollzieht sich durch schrittweise Reduktion auf den kleinsten gemeinsamen Nenner, auf das Genom und das genetische Erbe, wo die immerwährende Bewegung des Codes die Oberhand behält und wo die distinktiven Merkmale des

Menschlichen gegenüber der metonymischen Ewigkeit der Zellen verschwinden. Das Schlimmste ist, daß die nach ihrer eigenen Formel generierten Lebewesen diese zweifellos nicht überleben werden. Was durch die Formel lebt, wird durch die Formel zugrunde gehen.
Die Grenzen des Humanen und des Inhumanen sind also im Verschwinden begriffen, wobei das Ganze nicht in Richtung des Übermenschlichen und einer Umwertung aller Werte geht, sondern in Richtung des Subhumanen, dessen, was diesseits des Menschlichen ist, in Richtung eines Verschwindens der symbolischen Charakteristika der Gattung. Womit letzten Endes Nietzsche bestätigt würde, dem zufolge die menschliche Gattung, sich selbst überlassen, sich entweder nur zu verdoppeln oder zu zerstören vermag.

Der ursprüngliche Humanismus, der der Aufklärung, gründet sich auf die besonderen Eigenschaften des Menschen, auf seine Tugenden und seine natürlichen Gaben, auf sein Wesen, das mit dem Recht auf Freiheit und die Ausübung dieser Freiheit verbunden ist. Der heutige Humanismus in seiner erweiterten Form ist eher mit der Erhaltung des organischen Seins und der Gattung verbunden. Die Menschenrechte rechtfertigen nicht mehr so sehr das souveräne moralische Wesen als vielmehr die Vorrechte einer bedrohten Gattung. Mit einem Mal werden sie problematisch, denn sie stellen die Frage nach den

Rechten der anderen Arten, der anderen Rassen, der Natur, denen gegenüber sie sich abgrenzen bzw. definieren müssen. Gibt es aber eine Definition des Menschlichen in Begriffen der Genetik? Und wenn es sie gibt, könnte es dann ein Recht der Gattung auf ihr eigenes Genom und ihre eventuelle genetische Verwandlung geben? Wir haben 98 Prozent unserer Gene mit den Affen und 90 Prozent mit den Mäusen gemeinsam. Welches Recht kommt den Affen und den Mäusen aufgrund dieses gemeinsamen Erbes zu? Übrigens scheinen 90 Prozent der Gene unseres Genoms keinerlei Nutzen zu haben. Welches Existenzrecht besitzen diese Gene? Eine entscheidende Frage, denn wenn man sie für nutzlos erklärt, gibt man sich das Recht, sie auszuschalten. Dasselbe Problem besteht für jeden einzelnen Teil der Menschheit selbst: Sobald das spezifisch Menschliche nicht mehr in Begriffen der Freiheit und der Transzendenz definiert wird, sondern in solchen der Funktionen und des biologischen Gleichgewichts, verschwindet das Eigentümliche des Menschen und also auch des Humanismus. Der abendländische Humanismus sah sich bereits im 16. Jahrhundert durch das Auftauchen anderer Kulturen bedroht. Heute nun springt nicht mehr nur der Riegel einer Kultur, sondern der der ganzen Gattung auf: anthropologische Deregulierung und gleichzeitige Deregulierung aller moralischen, rechtlichen, symbolischen Regeln, die dem Humanismus innewohnten. Kann man denn in der Perspektive der Automaten,

Klone und Chimären, die die menschliche Gattung ablösen werden, noch von Seele und Bewußtsein, noch vom Unbewußten sprechen? Durch diese Verflüchtigung der Grenzen des Humanen – nicht einmal ins Inhumane hinein, sondern in etwas, das jenseits des Humanen und des Inhumanen liegt, in die genetische Simulation des Lebendigen hinein – ist nicht nur das individuelle Kapital bedroht, sondern auch das phylogenetische Kapital.
Das Wechselspiel zwischen dem Humanen und dem Inhumanen, ihr Gleichgewicht, ist durchbrochen. Das eventuelle Verschwinden des Humanen wiegt gewiß schwer, doch ist das Verschwinden des Inhumanen nicht weniger schwerwiegend. Die Eigenart all dessen, was nicht der Mensch ist und was im Menschen selbst inhuman ist, ist bedroht, und zwar zugunsten einer Hegemonie des Humanen in seiner überaus modernen, überaus rationalen Definition. Überall ist der Wille zu beobachten, die Natur, die Tiere, die anderen Rassen und Kulturen einer universellen Jurisdiktion zu unterstellen, allem wird ein Platz in einer hegemonialen evolutionistischen Anthropologie zugewiesen – der wahre Triumph eines Einheitsdenkens des Humanen, natürlich in seiner abendländischen Definition unter dem Zeichen des Allgemeinen und Universellen, des Guten und der Demokratie. Die Menschenrechte sind heute der Motor dieses anthropischen, dieses anthropokratischen Denkens, hinter dem das Humane und das Inhumane inmitten ihres formalen Wider-

spruchs wuchern, was in ein und derselben Bewegung zur Zunahme der Menschenrechte und der Menschenrechtsverletzungen führt.
Die anderen Kulturen kannten diese Unterscheidung zwischen dem Humanen und dem Inhumanen nicht. Wir haben sie erfunden, und wir sind auch dabei, sie zu verwischen, nicht mittels einer höheren Synthese, sondern durch ihre Auflösung in einer undifferenzierten technischen Abstraktion, der schwindelerregenden Perspektive einer endgültigen Lösung entsprechend.

Es heißt, daß das genetische Schicksal des Klons, wie auch immer es im einzelnen aussehen mag, niemals exakt dasselbe wie das des Originals sein wird (natürlich nicht, da es ja ein Original vor ihm gegeben haben wird). Man habe von der biologischen Klonierung sozusagen nichts zu befürchten, denn die Kultur sorge auf alle Fälle für Differenzierung. Das Heil liege im Erworbenen und in der Kultur, sie allein retten uns vor der Hölle des Selben. Nun ist es aber genau umgekehrt. Die Kultur ist es, die uns klont, und die mentale Klonung geht der biologischen weit voraus. Heutzutage unterliegen wir der kulturellen Klonung durch das Erworbene im Zeichen des Einheitsdenkens. Es sind die Ideen, die Lebensweise, das Milieu und der kulturelle Kontext, durch die die angeborenen Unterschiede am sichersten annulliert werden. Das Schulsystem, die Medien, die Massenkultur und -information

sind es, die dafür sorgen, daß die Menschen zu Kopien werden, die einander entsprechen.
Und diese faktische Klonung, die soziale, die industrielle Klonung der Menschen und Dinge, ist die Grundlage, auf der das biologische Denken des Genoms und der genetischen Klonung entsteht, welches die mentale und verhaltensmäßige Klonung nur sanktioniert.
Das hat Einfluß auf alle Überlegungen hinsichtlich der präskriptiven Grenzen und der Rechte des Individuums angesichts des wissenschaftlichen und technischen Experiments. All das, was heutzutage in den Ethikkommissionen und im kollektiven Bewußtsein von sich reden macht, diese ganze Spekulation hat keinerlei Sinn (außer einen pseudomoralischen und pseudophilosophischen), solange unsere Kultur der Differenz selbst am effektivsten im Sinne der Undifferenziertheit, des Human Xerox und des Einheitsdenkens agiert.
Diese ganze Geschichte mit den Klonen kann allerdings auch eine völlig unerwartete Seite aufweisen. Der Klon kann so als Parodie auf das Original, als dessen ironische und groteske Version erscheinen. Man kann sich von da ausgehend alle möglichen Situationen vorstellen, die unsere »ödipale« Psychologie völlig umkrempeln würden. So zum Beispiel den künftigen Klon, der seinen Vater beseitigt, nicht um mit seiner Mutter zu schlafen – was nunmehr unmöglich ist, da es ja nur mehr eine Mutter-Zelle gibt und der Vater durchaus auch eine Frau sein

kann –, sondern um seinen Status eines Originals wiederzuerlangen. Oder, im umgekehrten Fall, das durch sein Double disqualifizierte Original, das sich an seinem Klon rächt. Alle Arten von Konflikten, die nicht mehr Konflikte zwischen Kind und Eltern sein werden, sondern solche zwischen dem Original und seinem Double. Man kann sogar eine unerhörte Funktion des Klons ins Auge fassen (im Gegensatz zu all jenen Funktionen, die man ihm heute zuschreibt, und die alle in Richtung der Fortdauer des Lebens weisen): die Funktion, den Todes- und den Selbstzerstörungstrieb zu befriedigen. Auf diese Weise wird man seinen eigenen Klon beseitigen und sich ohne wirkliche Todesgefahr selbst zerstören können: Selbstmord durch Bevollmächtigung, durch einen Stellvertreter. Doch unsere Biologisten und Moralisten sind noch nicht so weit. Sie sind noch nicht in der Lage, den Todestrieb als eine ebenso fundamentale Gegebenheit aufzufassen wie das Streben nach Unsterblichkeit, die beim Klonen übrigens gleichzeitig im Spiel sind, was die Sache nicht einfacher macht.

Eine der Wohltaten dieses Unternehmens besteht ganz allgemein darin, uns vor Augen zu führen, was jede einigermaßen radikale Philosophie bereits wußte: daß es nämlich keine Moral gibt, die diesem unmoralischen, diesem technischen Wunsch nach Unsterblichkeit entgegenzusetzen wäre. Es gibt weder Naturgesetze noch ein moralisches Gesetz, das aus diesen hervorginge. All dies

ist eine idealistische Vision, die sich übrigens auch in der Wissenschaft selbst fortsetzt. Also auch weder Naturrechte noch Verbote, die sich auf eine Aufteilung in Gut und Böse gründen könnten. Es geht nämlich nicht um Moral, sondern um Symbolik. Es gibt eine Spielregel des Lebendigen, deren Form verborgen ist und deren Zweck unerklärt bleibt. Das Leben ist nichts »wert«, nicht einmal das menschliche, und wenn es kostbar ist, so nicht als Wert, sondern als Form – als eine exzessive und amoralische Form. Nicht austauschbar gegen irgendein anderes Leben oder irgendeinen anderen Wert. Die menschliche Gattung selbst ist nicht gegen irgendeine andere künstliche Gattung austauschbar, selbst wenn diese ihr an Wert und Leistungsvermögen überlegen sein sollte.
Der angeblichen Immoralität des Klonens ist also keine »Ethik der Differenz« und keine humanistische Wertmoral gegenüberzustellen, sondern eine höhere Immoralität der Formen – kein abstrakter Rechtsbegriff, sondern eine vitale Forderung, die auch eine Forderung des Denkens ist, da auch das Denken eine Form ist, die nicht gegen irgendeine objektive Zweckbestimmung oder sein künstliches Double ausgetauscht werden kann. Und eben dadurch kann es uns schützen.

So hätten wir es also zunächst einmal mit der Herrschaft unsterblicher Wesen zu tun, und dann erst mit der sterblicher und geschlechtlich differenzierter Wesen, die

die Unsterblichen überflügeln – wobei diese aber heute mittels all der Techniken des Klonens, der künstlichen Unsterblichkeit, der Marginalisierung des Sexus und des Todes eine stille Revanche nehmen.

Noch aber ist nichts entschieden, und man kann auf einen entschlossenen Widerstand der sterblichen Wesen zählen, die wir sind – einen Widerstand, der aus der Tiefe der Gattung kommt und der endgültigen Lösung in all ihren Formen seine Ablehnung entgegensetzt.

Das ist die Eisberg-Hypothese: Das Gute ist nur der über die Wasseroberfläche hinausragende Teil des Bösen, das Böse der unter der Wasseroberfläche befindliche Teil des Guten (ein Zehntel / neun Zehntel!). Zwischen ihnen gibt es keine beständige Lösung, nur eine Wasserlinie. Ansonsten bestehen sie insgeheim aus ein und derselben Substanz, aus ein und derselben Masse, die übrigens gelegentlich

umkippt: dann wird das Gute zum Bösen und das Böse tritt an die Oberfläche. Und wenn die Wärme den Eisberg zum Schmelzen bringt, wird alles wieder zum Weder-Gut-noch-Böse. Nur den über die Oberfläche hinausragenden Teil des Phänomens (das Gute) zu berücksichtigen heißt eine tödliche Kollision mit dem verborgenen und unter der Oberfläche befindlichen Teil der Wirklichkeit (dem Bösen) zu riskieren, dessen Masse ungleich größer ist. Der Fall der Titanic *machte dies deutlich (man hat niemals erfahren, was aus dem Eisberg, der »lebendigen« Verkörperung des Bösen, geworden ist).*

Der Hass. Eine äusserste Reaktion des Lebens

Gespräch mit François Ewald (1994)

Einer der Parolen der Jugendlichen, die im letzten Frühjahr gegen den CIP[6] demonstrierten, lautete: »Ich habe den Haß« [j'ai la haine]. Ein seltsamer Ausdruck.

Dieser Ausdruck ist tatsächlich seltsam. Weil es in »Ich habe den Haß« kein Objekt gibt. Es ist dies das Problem jener Leidenschaften, die kein Objekt mehr haben. Das ist wie in »ich demonstriere« [je manifeste], was sagen will: »ich bekunde mich« [je me manifeste]. Aber wofür? Für wen? Es ist das Los jener Ausdrücke, in denen das Verb autonom wird. Sie werden in der ersten Person gebildet, aber das Objekt ist verschwunden. Hier spricht ein Subjekt ohne jegliches Objekt.

Da ist auch das »ich habe«, das dem »ich bin« gegenübersteht. Eine Leidenschaft wie Haß, die ist man viel eher, als daß man sie hat. Auch syntaktisch betrachtet ist der Ausdruck seltsam.

Das ist genaugenommen sprachlich kein Satz mehr, sondern ein Logo, eine Art Etikett, so wie die Graffiti zum

Ausdruck brachten: »ich existiere«, »ich lebe hier und da«. Ein Punkt, das ist alles, diesseits oder jenseits jeglicher Vernunft. Haß ist vielleicht etwas, das übrigbleibt, das jedes bestimmbare Objekt überlebt. An wen oder woran soll man sich denn heute halten? Und gerade die Jugendlichen, an wen oder woran können sie sich halten?

Es gibt einen Sozialstatus, Lebensverhältnisse, die fast einer Verurteilung gleichkommen. Eine ziemlich verzweifelte Sackgasse.

Man muß nicht gleich Tod und Verzweiflung ins Spiel bringen. Diese Jugendlichen machen den Anschein, verzweifelt zu sein, aber ich bin mir nicht sicher, ob sie es wirklich sind. Sie sind vielleicht weniger verzweifelt als andere, weniger apathisch. Der Haß bleibt eine, wenn auch negative und reaktive Energie. Heutzutage gibt es nur noch diese Leidenschaften: Haß, Abscheu, Allergie, Aversion, Enttäuschung, Ekel, Widerwillen. Man weiß nicht mehr, was man will. Man ist sich nur noch dessen sicher, was man nicht will. Die gegenwärtig ablaufenden Prozesse sind solche des Ablehnens, des Bindungsverlusts, der allergischen Reaktion. Der Haß gehört in dieses Paradigma reaktiver, sich abreagierender Leidenschaft: ich lehne ab, ich will das nicht, ich werde mich nicht in den Konsens fügen. Da gibt es nichts zu verhandeln, da gibt es nichts zu versöhnen.

Im Ausdruck »ich habe den Haß« liegt auch eine Art sich in Pose zu setzen, ohne letztendlich etwas zu verlangen. »Ich habe den Haß« heißt nicht: »ich hasse euch«. Es ist eine Art Entgegensetzung in Form von reiner Affirmation, reiner Stellungnahme, mit der man als solcher nichts anfangen kann.

»Ich habe den Haß« bildet eine Art letzten Aktivposten. Aber es gibt dennoch eine Form von Andersheit, ein Gegenüber, da kann stets auf die eine oder andere Weise verhandelt werden, sogar mit der Macht.

Ist dieser Affekttypus auch außerhalb Frankreichs anzutreffen?

Ich war vor kurzem in Australien, wo mir die Begegnung mit den Aborigines so etwas wie einen radikalen anthropologischen Schock versetzt hat. Dort gibt es gerade ein großes Problem der Andersheit. Die Aborigines – ein anthropologisches Extrem, aber von hohem Anschauungswert – verfügen über eine Art tiefsitzender Verneinung dessen, was wir repräsentieren, was wir sind. Als ob diese Völker auch den Haß hätten. Es handelt sich hierbei um etwas Unabänderliches, etwas Irreduzibles. Man kann ihnen die ganze universelle Barmherzigkeit entgegenbringen, deren wir fähig sind, sie zu verstehen, zu lieben versuchen; es gibt bei ihnen eine Art radikaler Andersheit, die nicht verstanden werden will und die nicht verstanden werden wird.
Ich habe den Eindruck, daß die Kluft zwischen diesen Menschen und jener Welt, die sich seit der Aufklärung um

die Idee der Universalität herum entwickelt hat, immer breiter wird. Gleichzeitig mit der Erfindung der Universalität entdeckte man den Anderen, den Echten, den, der sich nicht in die Universalität einfügt, dessen Singularität aber wehrlos und ohnmächtig bleibt. Ich habe den Eindruck, daß die Kluft zwischen einer Kultur der Universalität und den Resten von Singularitäten sich verhärtet und vertieft. Diese Menschen können sich keine offensiven Leidenschaften erlauben; sie verfügen nicht über die Mittel dafür. Aber es bleibt ihnen die Verachtung. Ich glaube, daß sie uns im Grunde mit einem irreduziblen Gefühl der Ablehnung verachten. Die Jugendlichen in den Vorstädten stellen eine mögliche, aber integrierte, Version dieses Phänomens dar, während das, was in der Dritten Welt übrigbleibt von dem, was zerstört oder virtuell ausgelöscht wurde, eine Leidenschaft radikaler Revanche behält, eine Form absoluter Umkehrung, die nicht gerade im Abnehmen begriffen ist.

Kann man dieses gegenwärtige Gefühl des Hasses dem gleichsetzen, was noch vor kurzem Klassenhaß genannt wurde?

Ich glaube nicht. Klassenhaß bleibt paradoxerweise eine bourgeoise Leidenschaft. Dieser Haß hatte ein Ziel; er konnte zur Theorie werden und er wurde es. Er formierte sich, verfügte über Handlungsmöglichkeiten und war Träger historischen und sozialen Handelns. Es gab ein Subjekt, das Proletariat, Strukturen, die Klassen, Widersprüche. Der Haß, von dem wir sprechen, hat kein Subjekt; er verfügt über keine Handlungsmöglichkeiten. Er tritt nur durch »acting out« in Erscheinung. Seine Existenzweise ist nicht mehr die historischen Handelns, sondern die des gewaltsamen, selbstzerstörerischen »acting out«. Haß kann sich leicht gegen einen selbst wenden, er kann auch Selbsthaß, Selbstzerstörung werden. Nehmen Sie den Selbstmord des Sängers der Gruppe *Nirvana* Er wollte seinem letzten Album den Titel geben: »I hate myself and want to die«. Der Klassenhaß gehört von nun an zu unserem geschichtlichen Erbe, jedenfalls zu dem Europas.

In den achtziger Jahren diagnostizierten einige Intellektuelle das Ende der politischen Leidenschaften. Ist Haß nicht eine neue Form oder Figur davon?

Wir befänden uns also jenseits des Endes? Warum soll es nicht ein politisches Indifferent-Werden geben, das nicht notwendigerweise das letzte Wort der Geschichte wäre, mit – zu gegebener Zeit – einer Rückkehr zu einem Haß gegen…? Vielleicht richten sich die letzten Antriebe gegen die Geschichte, gegen das Politische. Vielleicht vollzieht sich das, was sich gegenwärtig ereignet, nicht mehr im Sinne von Geschichte oder in der politischen Sphäre, sondern diesen entgegengesetzt. Darin könnte der Sinn des Selbstmords von Pierre Bérégovoy oder der Sinn des Europareferendums vom letzten Herbst liegen. Das antieuropäische Votum als antipolitisches Abreagieren, eher gegen das Politische als Ganzes gerichtet als gegen diese oder jene Entscheidung, von der die Leute ohnehin nicht viel Ahnung haben. Es gibt einen Verlust von Bindungen, eine Langeweile, eine Indifferenz, die plötzlich, als würden sie ins Extrem umschlagen, gewaltsam Gestalt annehmen, sich auch beschleunigen können. Indifferenz ist ganz und gar nicht die Ruhe selbst, kein flaches Enzephalogramm. Indifferenz ist auch eine Leidenschaft.

Indifferenz eine Leidenschaft?

Selbstverständlich. Es gibt Strategien der Indifferenz. Indifferenz beschreibt eine neuartige Situation, die nicht mit Abwesenheit oder dem Nichts gleichzusetzen ist. Eine Masse zum Beispiel ist ein indifferenter Körper, aber es gibt Gewaltausbrüche und Virulenzen der Massen. Indifferenz verursacht Schäden. Der Begriff »Indifferenz« mag auf etwas Kraftloses deuten, Indifferenz kann jedoch auch in einen glühenden Zustand übergehen. Es gibt jedenfalls eine Gewalt der Indifferenz.

Sie sprachen von *acting out.* Ist dies nicht ein ausgeprägtes Medienphänomen? Eine Form von Leidenschaft im Fernsehzeitalter?

Man hält die Medien stets für eine Art Spiegel, der so eigentümliche Effekte hervorbringt, daß das in ihnen Gespiegelte bis zur Unkenntlichkeit entstellt ist. So jedenfalls die vorherrschende Ansicht. Aber Medien selbst sind der Ort der Indifferenz, sie produzieren sie. Sie verfügen über eine eigentümliche Produktion: die Produktion der Indifferenz. Allgemein stellt man sich vor, daß die Macht mittels der Medien die Massen manipuliert. Man kann genauso gut das Gegenteil annehmen: Vielleicht neutralisieren und destabilisieren die Massen mittels der Medien die Macht. Medien sind vielleicht der Ort, an dem sich eine Umkehrung des rationalen und historischen Handelns vollzieht. Von ihnen geht Lähmung und Erstarrung aus.

Zwar gibt es keinen Stuhl auf der Bühne, der unbesetzt bliebe, aber wir wissen genau, daß nichts geschehen wird, potentiell gar nichts. Das führt zu fatalen Folgen. Alles ist von Informationen überflutet, aber in Wirklichkeit gähnt die Leere, ein Schwarzes Loch. Glauben denn die Leute den Informationen noch? Alle tun so als ob. Es herrscht eine Art Konsens, der auf Leichtgläubigkeit beruht; man tut so, als glaube man, daß das, was uns über die Medien erreicht, real oder wahr sei. Man glaubt an eine Art göttlich sanktioniertes Informationsprinzip. Aber sind die Leute tatsächlich davon überzeugt? Da bin ich mir nicht so sicher. Sie befinden sich eher in einem Zustand grundsätzlichen Unglaubens. Dieser Unglaube ist nicht notwendigerweise passiv. Er hat etwas Widerständiges. Er will etwas sagen: Das da, das wollen wir nicht, das geht uns nichts an, das ist nicht unser Thema. Für die überwiegende Mehrheit stimmt das, es geht sie nichts an, es betrifft sie nicht. Es handelt sich hier nicht um Anomie in dem Sinne, daß es bestimmte Gruppen gäbe, die außerhalb des Gesetzes oder der Norm stünden, sondern um eine tiefgreifende Anomalie.

Nehmen Sie diesen Paulin aus Guadeloupe, der vor einigen Jahren ältere Frauen ermordete. Ihm wurde der Prozeß gemacht, er wurde verurteilt und starb im Gefängnis an Aids. Vor kurzem kam ein Film mit dem Titel *Ich bin nicht müde* heraus, der seine Geschichte erzählt. Hier haben wir eine absolut monströse, aber coole Gestalt, gänzlich ohne offen zutagetretenden Haß. Er hatte keine Identität, war unbestimmten Geschlechts und keiner bestimmten Rasse zuzuordnen, eine Art Antizipation einer völlig vermischten und indifferent gewordenen Gesellschaft. Er mordete gewaltlos, ohne Blutvergießen. Er war sogar extrem höflich, bewußt und ruhig. Er erzählte seine Morde mit einer seltsamen Gleichgültigkeit, einer Art Indifferenz. Man könnte sie für wirkliche Indifferenz halten, wie bei jemandem, der sich selbst, seiner eigenen Identität gegenüber so indifferent geworden wäre, daß er ihrerseits indifferente Wesen auslöschen könnte: kleine Alte. Man kann genausogut annehmen, daß es dahinter den Bodensatz eines radikalen Hasses gibt. Vielleicht war Paulin voller Haß, aber er war zu gestylt, zu kultiviert, um ihn auf gewalttätige Weise auszudrücken. Man kann auch diese Hypothese aufstellen.

Kann man sagen, der Haß sei unsere dominante politische Leidenschaft geworden?

Mit der Universalisierung der Kommunikation ging ein unglaublicher Verlust an Andersheit einher. Es gibt keinen Anderen mehr. Vielleicht suchen die Leute nach radikaler Andersheit, und die beste Art, diese zum Vorschein zu bringen – auch zum Verschwinden –, ist vielleicht der Haß; eine verzweifelte Form der Produktion des Anderen. In diesem Sinne wäre Haß eine Leidenschaft, und zwar in Form von Provokation und Herausforderung. Haß ist etwas Starkes; er muß eine packende Gegnerschaft hervorbringen, zu der unsere Welt kaum noch herausfordert, weil in ihr Konflikte augenblicklich weggeredet, eingedämmt und unsichtbar gemacht werden. Haß ist ein ambivalentes Gefühl, das sich umkehren kann, eine viel stärkere Form von Beziehung als Liebe, Zuneigung, Konsens oder Gastfreundschaft, die schwache Formen von Beziehung bilden.

Man kommt nicht umhin, die heutige Situation mit der der siebziger Jahre zu vergleichen, als man von nichts anderem als von peace and love sprach. Das war die Zeit des Widerstands gegen den Vietnamkrieg, der Beatniks und der Hippies, von Pflasterstrand und Imagine von John Lennon. Man überzog alles dermaßen mit Liebe, daß schließlich die große Frage auftauchte, wie man die Macht lieben könne.

In der Tat drehte sich zu dieser Zeit alles um die Libido, das Begehren und die Libido, Dinge, die inzwischen sehr an Bedeutung verloren haben, außer in der Werbung.

Und was die Macht angeht, wo ist sie denn? Niemand bekommt sie mehr zu fassen, nicht einmal, um sie zu bekämpfen. Es handelt sich nicht mehr um Klassenhaß, weil der Haß nicht länger Reiche und Arme, Arbeitgeber und Arbeitnehmer konfrontiert. Es handelt sich um einen Haß auf die politische Klasse, eine globale Aversion gegen die politische Klasse, die anläßlich von Skandalen zum Ausdruck kommen konnte, ohne sich jedoch darauf zu reduzieren.

Kann man sagen, daß der Haß am Ende der Geschichte aufträte? Wäre er die Leidenschaft, die mit dem einhergeht, was Francis Fukuyama als *Das Ende der Geschichte*[7] beschrieb?

Vor kurzem traf ich Francis Fukuyama in Frankfurt. Ich sagte ihm, er sei ein Optimist, wenn er vom Ende der Geschichte spreche. Das würde ja bedeuten, daß es sie gegeben hat. Wenn sie zu Ende wäre, würde damit unterstellt, daß es eine Geschichte gegeben hat. Höchstens gibt es eine Art Darüber-hinaus-Gehen [passage au-delà], jenseits einer Geschichte ohne Ende. Haß ist vielmehr eine gewaltsame Reaktion auf die Tatsache, daß es keine Lösung gibt, daß für all die Probleme, die die Geschichte aufbrachte, keine Lösung möglich ist. Es handelt sich um eine Verneinung des Laufs der Geschichte, eine Art Krümmung oder Regression, es ist nicht ganz klar, womit man es dabei zu tun hat, und möglicherweise gibt es in den Randzonen, in denen sich die Dinge umkehren, eine unbestimmte Leidenschaft, die nicht notwendigerweise positiv wäre wie die Liebe. Was an Energie übrigbliebe, würde sich in eine negative Leidenschaft, ein Ablehnen, ein Abstoßen verkehren. Heutzutage kristallisiert sich Identität im Ablehnen; sie hat kaum noch eine positive Grundlage. Übrigbleibt nur noch, sich durch Entgegensetzung zu bestimmen, eher durch Vertreiben des Anderen als durch eine Beziehung oder eine Dialektik der Gefühle ihm gegenüber. Das ist eine verzwickte Situation. Zweifellos gab es nämlich einen Bruch, der ziemlich unbemerkt geblieben ist. Wir sind dabei, aus einer Positivität und Linearität der Zeit in eine Art des Rückwärtszählens zu kippen. Nehmen Sie die Ziffernanzeige der Uhr im *Beaubourg:*[8] sie zeugt davon, daß wir uns in einer seltsamen Zeitlichkeit befinden, nicht mehr in einer Zeit, in der von einem Anfang ausgehend fortlaufend gezählt wird, sondern in einer Rückwärtszählung. Das Ende ist da, es bleibt nur noch der Abstand zu vermessen, der uns von ihm trennt. Vom Ende her zu zählen ist allerdings eine seltsame Perspektive, die offensichtlich nicht dazu geschaffen ist, positive Leidenschaften zu nähren.

Welche Politik ist im Zeitalter des Hasses möglich?

Die Intellektuellen verzweifeln daran, wie die Leidenschaften wieder ins Politische zurückfinden. Daß es in der Politik wieder um Einsätze geht. Ich glaube, daß die eigentliche, die grundlegende Leidenschaft die des Spiels ist; diese überlagert alle anderen. Wenn man spielt, ist man voller Leidenschaft. Wenn man spielt, wenn es einen Einsatz gibt, dann gibt es Leidenschaft, die weder positiv noch negativ ist, eine Leidenschaft des Kampfes, die sich selbst verschwendet. Man spielt, man verliert, man gewinnt, es geht nicht darum voranzuschreiten, man verliert wieder, was man gewonnen hat etc. Leidenschaft rührt von da her. Wo sind in der gegenwärtigen Politik die Einsätze? Sie haben sich abgekapselt, es gibt nur noch Einsätze dieser oder jener Kategorie, nur noch Einsätze dieser oder jener Lobby. Es ist wie bei der Unmöglichkeit, etwas aufs Spiel zu setzen. Und folglich gibt es keine politische Leidenschaft [passion] mehr. Es gibt nur noch Apathie und auf der anderen Seite, um mit den Worten zu spielen, Mitleiden [compassion].

Die Frage des Humanitären?

Es handelt sich um eine Art radikaler Ausdünnung der Leidenschaft in eine Form des Mitleidens, die bereits Hannah Arendt analysiert und benannt hat, als sie erklärte, daß im Zuge der Französischen Revolution das Mitfühlen mit dem Glück und vor allem dem Unglück der anderen den Platz von Leidenschaft, Freiheit und Handeln einnahm, die das Eigentliche des Politischen ausmachen. Man stürzte in die konsensuelle Universalität der Menschenrechte, hinter der Singularitäten voller Gewalt hochwachsen, die in genau dem Maße Haß aussondern, in dem das Allgemeine inakzeptabel ist, in dem es eine Utopie darstellt, die sich als mörderisch erweisen kann. Am Anfang herrscht Euphorie, aber wenn ein System den Sättigungspunkt erreicht, den Punkt seiner Universalität, dann vollzieht sich eine schreckliche Umkehrung, und es kommt zu all diesen Komplikationen, wie sie in den Erscheinungen von Virulenz [virulence] zu beobachten sind, die in gewisser Weise die historische Gewalt [violence] ersetzt hat. Wir haben es von nun an mit anomalischen Systemen zu tun, die Virulenzen aller Art aussondern: Aids, Computerviren etc. Haß ist vielleicht auch von der Art solcher Viren. Vielleicht ist Haß lebensnotwendig, und zwar lebensnotwendig insofern, als das Fehlen eines Feindes, einer Gegnerschaft, eines zumindest virtuellen Antagonismus das Schlimmste wäre, was passieren könnte. Nimmt man einer Art ihre natürlichen Feinde, so zerstört sie sich selbst. Es gibt eine Metastabilität des Lebendigen, eine Art Gleichgewicht, das impliziert, daß es einen Anderen gibt, und auch einen bösen Anderen, einen Feind. Wenn man sich nicht mehr zu verteidigen braucht, zerstört man sich schließlich selbst. Diesen Zustand habe ich *déprédation* genannt,[9] eine Feindlosigkeit, in der man seiner »natürlichen Feinde« beraubt ist. Haß ist vielleicht auch eine letztmögliche, eine äußerste Reaktion des Lebens.

Man sagt, daß Haß nationalistisch und Nationalismus haßerfüllt seien. Was ist von Diagnosen zu halten, die der Gegenwart eine Wiederkehr des Nationalismus attestieren?

Das ist ziemlich flach, und moralisiert mir zu viel. Das müßte man genauer, handfester analysieren und nicht sofort die Phänomene mit Werturteilen des Typs kurzschließen: Dies ist nicht gut; Le Pen, den Islam usw. darf es nicht geben. Das Prinzip der Menschenrechte zu beschwören und wieder zur Geltung bringen zu wollen kann man sich sparen, da es genau diese ganze Kultur universeller Werte ist, die uns in die Lage gebracht hat, in der wir uns gegenwärtig befinden.

Welche Gefahr liegt denn im Universalismus der Menschenrechte?

Wir brauchen nicht die Psychoanalyse, um zu wissen, daß der Mensch ein ambivalentes Tier ist, dessen böse Anteile man nicht einfach ausmerzen kann, um ein harmloses, positives und vernünftiges Wesen zu bekommen. Auf dieser Unwahrscheinlichkeit beruhen nun aber einmal alle Ideologien. Es muß Gegnerschaft, Inkompatibilitäten, Antagonismen, Unversöhnliches geben, selbst auf die Gefahr hin, daß die schäbigsten Leidenschaften zutage treten. Wir haben keine Wahl. Wir müssen damit umgehen.

Die moderne Politik setzt mit dem Willen ein, Kräfte zu dialektisieren, auszugleichen, Kompromißstrategien zu finden zwischen Dingen, von denen man annimmt, daß sie stets verhandelbar seien. Das Prinzip der modernen Politik besteht darin, daß nichts dieser Bemühung um

Versöhnung und Vermittlung entkommen darf. Falls es einen Konflikt geben sollte, so ist er dazu bestimmt, gelöst zu werden. Die moderne Politik beinhaltet ein Prinzip endgültiger Lösung, das manchmal zu Endlösungen führt. Darin besteht die Dialektik. Aber die Realität ist nicht dialektisch verfaßt; sie besteht aus Unversöhnlichem, wahrhaft antagonistischen Dingen, so wie Freud Eros und Thanatos ansetzte, der eine den anderen radikal ausschließend, beide absolut und sogar ewig unversöhnlich. Andere Kulturen wußten mit dieser fundamentalen Zweideutigkeit mit Hilfe von Opfern, Ritualen und Zeremonien symbolisch umzugehen. Wir allerdings wollen uns das nicht klarmachen. Wir gehen von dem Prinzip aus, daß die Dinge sich aufklären, daß sie transparent werden sollten.
Zugleich aber gibt es einen Rest, der nicht behandelt wird, weil er sich nicht behandeln läßt; er wird gezwungenermaßen zu einem Bodensatz, zu etwas Negativem und transformiert sich natürlicherweise in Haß. Indem man die Universalität auf die Spitze treibt, wie es gegenwärtig geschieht, wird man notwendigerweise eine Reversibilität dieser Dinge produzieren, man wird wiederum andere Singularitäten hervorbringen. Ich bin kein Pessimist: die Singularitäten sind unzerstörbar.

Besteht die Möglichkeit, daß sich der Haß universalisiert? Ist eine Föderation des Hasses vorstellbar? Daß die Vorstädte sich mit den Nationalismen verbünden, die sich ihrerseits mit was auch immer in einer Art Internationale des Hasses zusammenschließen?

Es wäre fast schon wieder zu wünschen, daß ein solches Szenario Wirklichkeit würde. Aber was per definitionem Trägheit und Indifferenz ist, das kann sich nicht solidarisieren, da es ja ein Entsolidarisierungseffekt ist, ein Scheitern des Universellen. Das ist etwas Fraktales, Fragmentiertes, das bricht hie und da aus, ohne die optimistische Aussicht, wiederum politische Kohärenz zu erlangen. Nein, das Schlimmste ist nicht immer möglich.

Falls es zu Anschlüssen kommen sollte, wären sie von der Art einer Kettenreaktion, was ja dem gegenwärtigen Modus der Verbreitung von Ereignissen entspricht. Es ist nicht mehr der Modus der Information, des Wissens oder der Vernunft mit seinem wohlüberlegten und vernünftigen Voranschreiten. Es handelt sich um Ausbrüche, unkontrollierbare Verkettungen, Phänomene der Ansteckung, wie sie Elias Canetti in *Masse und Macht* beschrieben hat. Die Masse ist eine Art matter Körper, in dem die Übermittlung aufgrund eines für die traditionelle soziologische Analyse immer noch mysteriösen Effekts ultraschnell vor sich geht. Die Mode ist ein solcher Typ ultraschneller Ansteckung. Das ist die Virulenz des Virus, aber nicht alle Viren haben pervers negative Effekte; einige haben pervers positive Effekte. Wir befinden uns auf dem Gebiet der Überreaktion, *overreaction,* der Kettenreaktion, des unvermittelten Nebeneinanders. Das ist heutzutage sogar der Modus, wie Medien und wie Kommunikation funktioniert. Selbstverständlich ist in einer solchen Welt politisches Handeln viel schwieriger geworden.

Traditionellerweise setzt die politische Philosophie beim Gedanken eines Selbsterhaltungsprinzips an, das den Gefahren, die das Individuum bedrohen, Widerstand leistet. Heute sind Leute wie André Glucksmann dabei, die Moral auf das Prinzip der Anerkennung eines radikal Bösen zu gründen, gewissermaßen also auf eine Art Haß des Bösen. Könnte der Haß nicht das Prinzip einer neuen Moral abgeben?

Ich habe nichts gegen das Böse, das Prinzip des Bösen. Mir scheint, daß es sich da um ein aktives Prinzip handelt, unter der Bedingung, daß man es nicht diabolisiert oder ein Pathos daraus macht, wie Glucksmann es tut. Es gab ja all diese Analysen, Bataille zum Beispiel, denen zufolge die Energie der Gesellschaften von einem Prinzip des Bösen herrührt, nicht von ihren positiven, sondern von ihren negativen Leidenschaften. Das ist es auch, was ich die Transparenz (das Durchscheinen) des Bösen genannt hatte: das Böse ist aus dem Spiel genommen; es wird nicht mehr eingesetzt, es verschwindet anderswohin und scheint doch überall durch. Statt begreifbar zu sein, wird es ungreifbar. Es nimmt die Form all dieser Viren an, die uns heute beunruhigen. Aber muß man sich deswegen ein dämonisches Prinzip zulegen?

Kann man dies alles nicht schon ein wenig bei Nietzsche finden? In dem Gedanken, man müsse auch zu hassen verstehen?

Man muß böse sein, und was fällt, das soll man noch stoßen. Das ist die Strategie des Schlimmsten, mit einer regelrechten Überbietung, einer Überschreitung. Diese Logik gefällt mir gut. Man muß es verstehen, zu den Extremen zu streben. Die Langeweile rührt daher, daß wir uns eher diesseits von Gut und Böse befinden. Wir haben die Werte und die geregelte Opposition der Werte durch ein Darunter-heraus-Fallen und nicht durch ein Darüber-hinaus-Gehen verloren. Die Werte sind von nun an unkenntlich, unbestimmbar, sie flottieren.
Das Gute, das ist, wenn es eine geregelte Opposition zwischen dem Guten und dem Bösen gibt. Das Gute läßt die Existenz des Bösen völlig zu, aber es sagt, daß es eine Möglichkeit der Versöhnung gibt. Alle unsere Religionen und Ideologien nehmen von da ihren Ausgang. Das Böse, das ist, wenn keine Versöhnung zwischen dem Guten und dem Bösen mehr möglich ist, wenn die zwei Pole auseinandergerissen sind. Wir sind nun im Bösen im Sinne des Unversöhnlichen, was vom Standpunkt der Moral aus nicht zugelassen werden kann. Das Böse besteht darin, daß keine Versöhnung zwischen den beiden Polen möglich ist.

Unsere gegenwärtigen politischen Integrationsansätze hätten demnach wenig Zukunftschancen.

In der Tat lief bis in die Mitte der achtziger Jahre die Entwicklung in unseren Kulturen nicht in Richtung Ausschluß. Das hat sich geändert. Seither entzieht sich etwas völlig der sozialen Regulierung. Wenn wir es dabei nicht mit dem Ende der Geschichte zu tun haben, so doch mit dem Ende des Sozialen. Etwas hat sich aufgelöst, ein Prinzip der Auflösung ist im Gange, dessen Ende nicht absehbar ist.

Wir befinden uns nicht mehr in der Anomie, sondern in der Anomalie. Die Anomie war sehr angenehm. Sie hängt mit einer bürgerlichen Gesellschaft zusammen. Anomisch ist das, was als eine zeitlich begrenzte Ausnahme außerhalb des Gesetzes steht, was man aber mit berechtigter Hoffnung in dieses rückübersetzen, durch Solidarität auf den rechten Weg zurückbringen könnte. Mit der Anomalie dagegen kann man nichts anfangen. Es handelt sich bei ihr nicht um leichte Störungen. Die Anomalie entzieht sich nicht dem Gesetz, sondern der Regel. Das ist etwas Tiefergreifendes: die Spielregel wird nicht notwendigerweise explizit ausgesprochen; niemand ist verpflichtet, sie zu kennen. Vielleicht wissen wir nichts über sie, dennoch wissen wir, daß Leute sich dem Spiel, der Möglichkeit zu spielen, der Spielregel vollständig entziehen. Das Gesetz ist explizit, man kann sich dagegen auflehnen. Die Anomie stellte ein Widerstands- und Subversionsprinzip dar, die Anomalie hingegen ist vollkommen irrational; das Anomale fällt heraus, kann nicht mehr spielen, ist nicht mehr im Spiel, befindet sich im Aus. Was sich dort, in der Anomalie zusammenbraut, darüber wissen wir nichts.

Könnte der Haß die Leidenschaft der Anomalie sein?

Vielleicht befinden wir uns in einem allgemeinen Prozeß der Umkehrung aller Dinge, der von unterschiedlichen Leidenschaften, wie dem Haß, genährt sein könnte. Ohne uns dessen bewußt zu sein, wären wir auf die andere Seite hinübergewechselt und in Systeme geraten, die immer verfeinerter, funktioneller und wirkungsvoller sind und zugleich immer stärker bedroht von Zerrüttung und gewaltsamer Umkehrung. So sehr, daß sich sogar das Problem der Erhaltung der ganzen Gattung und nicht nur bestimmter, in einem Prozeß der Selbstzerstörung befindlicher Kulturen stellen könnte. Man sah bereits Kulturen sich mir nichts dir nichts mit einem Schlag auflösen, ohne daß man wüßte, warum.

Wir wären also alle Inkas ...

Man muß gar nicht erst so weit entfernt suchen. Nehmen Sie nur den Kommunismus.

Mein Tod überall, mein Tod, der träumt

Punktueller Tod, biologischer Tod. Die Irreversibilität des biologischen Todes, sein objektiver und punktueller Charakter, ist ein Produkt der modernen Wissenschaft. Er ist eine Besonderheit unserer Kultur. Alle anderen gehen davon aus, daß der Tod vor dem Tode beginnt, daß das Leben nach dem Leben fortwährt und daß es unmöglich ist, Leben und Tod zu trennen. Entgegen der Vorstellung, die im einen die *Bestimmung* des anderen sieht, muß versucht werden, die radikale *Unbestimmtheit* von Leben und Tod und die Unmöglichkeit, sie einzeln in einer symbolischen Ordnung zu verselbständigen, zu begreifen. Der Tod ist nicht das Ablaufen einer Frist, der Tod ist eine Nuance des Lebens – oder das Leben ist eine Nuance des Todes. Aber unsere moderne Idee vom Tode wird durch ein ganz anderes Vorstellungssystem bestimmt: das der Maschine und des Funktionierens. Eine Maschine läuft oder sie läuft nicht. So ist die biologische Maschine tot *oder* lebendig. Die symbolische Ordnung kennt diese abstrakte Eindeutigkeit nicht. Und selbst die Biologie gesteht ein, daß man seit der Geburt zu sterben beginnt, aber diese Aussage bleibt im Rahmen einer funktionellen Definition.[10] Etwas anderes ist es zu sagen, daß der Tod das Leben artikuliere, sich mit dem Leben austausche und der Höhepunkt des Lebens sei – denn es ist absurd, aus dem Leben einen Vorgang zu machen, der durch den Tod entschieden wird, und noch absurder ist es, den Tod einem Defizit oder einem Verlust gleichzusetzen. Weder das Leben noch der Tod können einem wie auch immer gearteten Zweck untergeordnet werden: es gibt also weder eine Punktualität noch eine *Endgültigkeit* des möglichen Todes.

Wir sind vollständig in einem Evolutionsdenken befangen, welches besagt, daß wir vom Leben zum Tode gehen: das ist eine Illusion des Subjektes, die von der Biologie und der Metaphysik gemeinsam genährt wird (die Biologie versteht sich als Umkehrung der Metaphysik, ist aber nur deren Fortsetzung). Denn es gibt nicht einmal ein Subjekt, das in einem gegebenen Moment stirbt. Es ist richtiger zu sagen, daß ganze Teile von »uns selbst« (von unserem Körper, unseren Gegenständen und unserer Sprache) von Anbeginn des Lebens dem Tod verfallen und lebendig der Trauerarbeit unterliegen. Einige gelangen dadurch dahin, sich selbst nach und nach bereits zu Lebzeiten zu vergessen – so wie Gott in Brechts Ballade

das ertrunkene junge Mädchen vergißt, das den Fluß heruntertreibt: »Geschah es (sehr langsam), daß Gott sie allmählich vergaß / Erst ihr Gesicht, dann die Hände und ganz zuletzt erst ihr Haar.«[11]
Die Identität des Subjektes löst sich in jedem Augenblick auf und fällt dem Vergessen Gottes anheim. Aber dieser Tod hat nichts Biologisches. An dem einen Pol, der Biochemie, kennen die geschlechtslosen Einzeller keinen Tod, sie teilen und verzweigen sich (auch der genetische Code kennt keinen Tod: jenseits des Schicksals von Individuen überträgt er sich unveränderlich). An dem anderen Pol, dem Symbolischen, existiert der Tod als Nichts auch nicht mehr, Leben und Tod sind hier reversibel.
Allein in dem unendlich kleinen Bereich des bewußten, individuellen Subjektes bekommt der Tod eine irreversible Bedeutung; übrigens nicht einmal als Ereignis, sondern als im voraus erlebter Mythos. Wegen seiner Identität bedarf das Subjekt eines Mythos über sein Ende, wie es auch einen Mythos über seinen Ursprung braucht. In Wirklichkeit ist das Subjekt niemals in der Weise vorhanden wie ein Gesicht, die Hände oder Haare, und mit Sicherheit ist es immer bereits woanders, da es von einer unsinnigen Aufteilung und von einem durch den Tod angetriebenen endlosen Zyklus ergriffen ist. Dieser überall im Leben vorhandene Tod soll gebannt und an einem bestimmten Punkt und Ort in der Zeit lokalisiert werden: dem Körper.

Im biologischen Tod neutralisieren sich Tod und Körper, anstatt sich gegenseitig zu steigern. Die Biologie braucht *grundsätzlich* eine Dualität von Seele und Körper. Diese Dualität ist in gewisser Weise der Tod selber, denn er objektiviert den Körper als residuell – als ein böses Objekt, das sich durch sein Sterben rächt. Als Funktion der Seele wird der Körper zu dieser bloßen objektiven Tatsache, zum Gegenstand von Sexualität, Angst und Tod. Es liegt an diesem imaginären Schizo, der Seele, daß der Körper zu einer »Realität« wird, welche nur als dem Tod geweihte existiert.

Der sterbliche Körper ist also nicht »realer« als die unsterbliche Seele: beide resultieren gleichzeitig aus derselben Abstraktion, und mit ihnen die beiden großen komplementären Metaphysiken: die idealistische der Seele (mit all ihren moralischen Metamorphosen) und die »materialistische« des Körpers (mit ihren biologischen Fortsetzungen). Die Biologie lebt zwar auch von der Trennung Seele und Körper, wie jegliche christliche oder cartesianische Metaphysik, aber sie sagt es nicht mehr – die Seele zeigt sich nicht mehr, als ideales Prinzip ist sie vollständig in die moralische Disziplin der Wissenschaft, in das Legitimitätsprinzip technischer Eingriffe in das Reale und die Welt, sowie in die Prinzipien des »objektiven« Materialismus übergegangen. Diejenigen, die im Mittelalter den Diskurs der Seele führten, waren weniger weit von den »Zeichen des Körpers« (Octavio Paz) entfernt, als die biologische Wissenschaft, die mit ihrer Technik und ihren Axiomen vollständig auf die Seite des »Nicht-Körpers« übergegangen ist.

Unfall und Katastrophe. Der Tod ist für die moderne bürgerliche Rationalität ein Paradox. Den Tod als natürlich, profan und irreversibel zu begreifen, konstituiert zwar die »Aufklärung« und die Vernunft, aber es befindet sich in einem scharfen Widerspruch zu den Prinzipien bürgerlicher Rationalität – den individuellen Werten, dem unbegrenzten Fortschritt der Wissenschaft und der Naturbeherrschung in jeder Form. Als »natürliche Tatsache« neutralisiert, wird er nach und nach zu einem *Skandal.* Und genau das hat Octavio Paz sehr gut in seiner Theorie über den Zufall analysiert:

»Die moderne Wissenschaft hat die Epidemien beseitigt und uns plausible Erklärungen für die anderen Naturkatastrophen geliefert: die Natur hat aufgehört, Hort unseres Schuldgefühls zu sein; gleichzeitig hat die Technik den Begriff des Zufalls ausgedehnt und erweitert und ihm darüber hinaus einen völlig anderen Charakter gegeben. Ich bezweifle, daß die Zahl der Opfer durch Reitunfälle und Schlangenbisse in der alten Zeit, selbst proportional gesehen, größer war als die Zahl der Opfer durch sich überschlagende Autos, entgleisende Züge und zerschellende Flugzeuge. Der Unfall ist Teil unseres Alltagslebens, und sein Schatten bevölkert unsere schlaflosen Nächte, so wie der böse Blick die Hirten in den elenden Nestern Afghanistans keinen Schlaf finden läßt. …

Das Prinzip der Unbestimmtheit in der heutigen Physik und der Gödelsche Beweis in der Logik sind das Gegenstück des Zufalls in der Welt der Geschichte. Ich sage nicht, daß sie dasselbe sind: ich sage, daß ... die axiomatischen und deterministischen Systeme ihre Konsistenz verloren haben und einen ihnen innewohnenden Fehler erkennen lassen. Dieser Fehler ist nicht wirklich ein Fehler: er ist eine Eigenschaft des Systems, etwas, das ihm als System eigen ist. Der Zufall ist weder eine Ausnahme noch eine Krankheit unserer politischen Regime; ebensowenig ist er ein korrigierbarer Defekt unserer Zivilisation: er ist die natürliche Folge unserer Wissenschaft, unserer Politik, unserer Moral. Der Zufall ist ein Teil unserer Fortschrittsidee, so wie Zeus' Lüsternheit und Indras Rausch und Völlerei Teil der griechischen beziehungsweise der vedischen Kultur waren. ...
Der Zufall hat sich in ein Paradox der Notwendigkeit verwandelt: er besitzt ihre Unausweichlichkeit und die Unbestimmtheit der Freiheit. Der *Nicht-Körper*, verwandelt in materialistische Wissenschaft, ist gleichbedeutend mit dem Schrecken: der Zufall ist eines der Attribute der Vernunft, die wir anbeten. Er ist das schreckliche Attribut, wie der Strick Shivas oder der Blitzstrahl Jupiters. Die christliche Moral hat ihm ihre Unterdrückungsgewalt abgetreten, aber gleichzeitig hat sich jeder moralische Anspruch von dieser übermenschlichen Macht zurückgezogen. Er ist die Wiederkehr der Angst der Azteken, wenn auch ohne himmlische Vorzeichen oder Zeichen. Die Katastrophe wird banal und lächerlich, weil der Zufall letzten Endes nur ein Unfall ist.«[12]

So wie die sich normalisierende Gesellschaft an ihrer Peripherie Wahnsinnige und Anomale entstehen läßt, so erzeugen die sich vertiefende Vernunft und die technische Naturbeherrschung um sich herum die Katastrophe und das Versagen als Unvernunft des »organischen Körpers der Natur« – eine unerträgliche Unvernunft, weil die Vernunft souverän sein will und sogar nichts mehr denken kann, was ihr entgeht – und eine unauflösliche Unvernunft, denn es gibt für uns keine Rituale der Sühne oder Versöhnung mehr: der Unfall ist absurd wie der Tod, ein Punkt, das ist alles. Er entsteht durch *Sabotage.* Ein tückischer Dämon, der bewirkt, daß diese schöne Maschine immerzu kaputtgeht. So ist diese rationalistische Kultur wie keine andere von einer kollektiven Paranoia ergriffen. Alles – die winzigste Störung, die geringste Unregelmäßigkeit, die kleinste Katastrophe, ein Erdbeben, ein einstürzendes Haus, schlechtes Wetter – ist ein *Attentat,* für das es einen Verantwortlichen geben muß. Das Anwachsen von Sabotage, Terrorismus und Banditentum ist weniger wichtig als die Tatsache, daß alles, was vorkommt, in diesem Sinne interpretiert werden muß. Zufall oder nicht? Das ist unentscheidbar. Und unwichtig, denn die Kategorie des Zufalls, die Octavio Paz analysiert, ist in die des Attentats umgekippt. Und in einem rationalen System ist das normal: der Zufall kann nur einem menschlichen Willen zugestanden werden, wodurch sich jede Störung als *Hexerei* interpretieren läßt – oder politisch als Anschlag auf die gesellschaftliche Ordnung.[13] Und es ist richtig: eine Naturkatastrophe ist nicht nur durch die von ihr hervorgerufene wirkliche Unordnung eine Gefahr für die etablierte Ordnung, sondern auch durch den Schlag, den sie jeder souveränen und auch politischen »Rationalität« versetzt. Daher der Belagerungszustand bei einem Erdbeben (Nicaragua), daher die Ordnungsdienste in Katastrophengebieten (bei einem Flugzeugunglück wie der DC-10 bei Ermenonville sind sie wichtiger als bei einer Demonstration). Denn niemand weiß, wie weit der bei dieser Gelegenheit durch einen Unfall oder eine Katastrophe entfesselte »Todestrieb« sich befreien und gegen die politische Ordnung wenden kann.

Bemerkenswert ist, daß wir inmitten des Systems der Vernunft und mit der vollen logischen Konsequenz dieses Systems zur »primitiven« Sichtweise zurückgekehrt sind und jedem Ereignis und insbesondere dem Tod einen feindlichen Willen unterstellen. Aber wir allein sind voller Primitivität (mit der wir die Primitiven ausstatten, um sie ihnen auszutreiben), denn dieser Konzeption entspricht bei den Primitiven ein reziproker und ambivalenter Austausch mit ihrer ganzen Umgebung, so daß selbst Naturkatastrophen und der Tod im Rahmen ihrer gesellschaftlichen Strukturen intelligibel waren – während sie bei uns ganz offensichtlich ein Trugschluß sind, also eine Paranoia der Vernunft, deren Axiome überall ein nichtintelligibles Absolutes entstehen lassen; der Tod wird inakzeptabel und unlösbar, der Unfall zur Verfolgung, zu einem absurden und bösartigen Widerstand einer Materie oder Natur, die sich nicht dort den »objektiven« Gesetzen beugen will, wo man sie umstellt hat. Daher die wachsende

Faszination von Katastrophen, Unfällen und Attentaten: sie gehört zu einer Vernunft, die selber von der Hoffnung auf eine universelle Revanche gegen ihre eigenen Normen und Privilegien umstellt ist.

DER »NATÜRLICHE« TOD. Der biologischen Definition des Todes und dem logischen Willen der Vernunft korrespondiert eine ideale und genormte Form des Todes: der »natürliche« Tod. Das ist ein »normaler« Tod, da er am »Ende des Lebens« eintritt. Sein Begriff verdankt sich der Möglichkeit, die Grenzen des Lebens hinauszuschieben: das Leben wird zu einem Akkumulationsprozeß, und mit dieser quantitativen Strategie kommen Wissenschaft und Technik ins Spiel. Wissenschaft und Technik gelingt es keineswegs, einen ursprünglichen Wunsch, so lange wie möglich zu leben, zu erfüllen – nur ein Übergang vom Leben zum Lebens-Kapital (zu einer quantitativen Bewertung) wird durch die symbolische Außerkraftsetzung des Todes erreicht, die allein Wissenschaft und biomedizinische Technik zur Verlängerung des Lebens hervorruft. Der natürliche Tod bedeutet also keine Akzeptierung eines Todes, der zur »Ordnung der Dinge« gehörte, sondern eine systematische Leugnung des Todes. Der natürliche Tod unterliegt der Rechtsprechung der Wissenschaft und wird von der Wissenschaft tendenziell abgeschafft. Im Klartext bedeutet das: der Tod ist unmenschlich, irrational und sinnlos wie die ungebändigte Natur (der

abendländische »Natur«-Begriff ist immer derjenige einer verdrängten und domestizierten Natur). Es gibt nur einen guten Tod, den besiegten und dem Gesetz unterworfenen: das ist das Ideal des natürlichen Todes.
Jedem soll es möglich sein, sein biologisches Kapital auszuschöpfen und sein Leben »bis zur Neige« ohne Gewalt oder vorzeitigen Tod zu genießen. So als ob jeder sein kleines Lebensschema, seine »normale Lebenserwartung« und einen »Lebensvertrag« in der Tasche hätte – daher der *soziale* Anspruch auf eine Lebensqualität, zu der ein natürlicher Tod gehört. Ein neuer Gesellschaftsvertrag: Die ganze Gesellschaft mit ihrer Wissenschaft und Technik wird gemeinsam verantwortlich für den Tod jedes Individuums.[14] Dieser Anspruch kann übrigens die existierende Ordnung ebenso in Frage stellen wie quantitative Ansprüche und Lohnforderungen: die Forderung einer *gerechten* Lebensdauer wie die einer gerechten Entlohnung der Arbeitskraft. Im wesentlichen verdeckt dieses Recht, wie alle anderen, eine repressive Ausübung des Rechtes. Jeder hat das Recht, aber gleichzeitig auch die *Pflicht* eines natürlichen Todes. Denn dieser ist der für das System der politischen Ökonomie charakteristische Tod, ihre Art eines *aufgezwungenen* Todes:
I. Als System der Maximierung von Produktivkräften (in einem »extensiven« System der Handarbeit gibt es für die Sklaven keinen natürlichen Tod, man läßt sie bei der Arbeit verrecken).

II. Noch wichtiger: daß jeder ein *Recht* auf sein Leben hat (habeas corpus – habeas vitam), bedeutet eine Ausdehnung der gesellschaftlichen Rechtsprechung auf den Tod. Der Tod ist vergesellschaftet wie alles andere: er kann nur noch natürlich sein, denn jeder andere Tod wäre ein *gesellschaftlicher* Skandal, den man überflüssig gemacht hat. Gesellschaftlicher Fortschritt? Nein: ein Fortschritt *des* Gesellschaftlichen, das sich selber mit dem Tode verbindet. Jeder ist seines Todes enteignet, es ist ihm nicht mehr möglich, so zu sterben, wie er es möchte. Er ist nicht einmal mehr so frei, so lange wie möglich zu leben. Was unter anderem ein Verbot bedeutet, sein Leben ungeachtet seiner Grenzen auszuschöpfen. Das Prinzip des natürlichen Todes entspricht einer Neutralisierung des Lebens schlechthin.[15]
Ebenso ist es mit der Frage der Gleichheit vor dem Tode: Das Leben muß auf Quantität (und der Tod folglich auf ein Nichts) reduziert werden, um es der Demokratie und dem Äquivalenzgesetz anzupassen.

GREISENTUM UND DRITTES LEBENSALTER. Auch hier tritt der Sieg der Wissenschaft über den Tod in Widerspruch zur Rationalität des Systems: das dritte Lebensalter wird für die gesellschaftliche Verwaltung zu einer gewaltigen toten Last. Ein ganzer Teil des gesellschaftlichen Reichtums (Geld und moralische Werte) verpufft, ohne dem Alter einen Sinn geben zu können. So wird ein Drittel der Gesellschaft in einen Zustand der Sonderung und des ökonomischen Parasitentums versetzt. Die dem Terrain des Todes abgerungenen Gebiete sind gesellschaftlich verwüstet. Das erst kürzlich kolonialisierte Greisentum der modernen Zeit lastet auf dieser Gesellschaft mit dem gleichen Druck wie die seinerzeit kolonialisierten Völker der Eingeborenen. Der Ausdruck Drittes Lebensalter sagt genau, was er beinhaltet: eine Art von Dritter Welt.

Es ist nicht mehr als ein marginaler und schließlich sogar asozialer Lebensabschnitt – ein Ghetto, ein Abschub, ein Vorfeld des Todes. Es ist eigentlich eine Liquidierung des Greisentums. In dem Maße wie die Lebenden viel länger leben und über den Tod »triumphieren«, werden sie nicht länger symbolisch anerkannt. Zu einem Tode verurteilt, der ständig zurückweicht, verliert dieses Alter seinen Rang und seine Vorrechte. In anderen gesellschaftlichen Formationen existiert das Greisentum als wirklicher symbolischer Angelpunkt der Gruppe. Der Status des Greises, der durch den des Ahnen vollendet wird, ist der angesehenste. Die »Jahre« sind ein realer Reichtum, für den man Autorität und Macht eintauscht, im Gegensatz zur heutigen Zeit, wo die »gewonnenen« Jahre nur zählbare Jahre sind: akkumuliert, ohne daß man sie eintauschen könnte.

Die verlängerte Lebenserwartung hat also nur zu einer Diskriminierung des Alters geführt, die sich aus der Diskriminierung des Todes ergibt und entwickelt. Das »Gesellschaftliche« hat hier ausgezeichnet gearbeitet. Es hat aus dem Greisentum ein gesellschaftliches Gebiet gemacht (das in den Zeitungen in einer Rubrik mit den »Gastarbeitern« und den Abtreibungen auftaucht), es hat diesen Lebensabschnitt vergesellschaftet, indem es ihn in sich selber eingeschlossen hat. Unter dem gewinnbringenden Zeichen des natürlichen Todes hat es aus ihm einen vorweggenommenen *gesellschaftlichen Tod* gemacht.

»Das ganze Problem seines (Tolstojs) Grübelns drehte sich zunehmend um die Frage: ob der *Tod* eine sinnvolle Erscheinung sei oder nicht. Und die Antwort lautet bei ihm: für den Kulturmenschen – nein. Und zwar deshalb nicht, weil ja das zivilisierte, in den ›Fortschritt‹, in das Unendliche hineingestellte einzelne Leben seinem immanenten Sinn nach kein Ende haben dürfte. Denn es liegt ja immer noch ein weiterer Fortschritt vor dem, der darin steht; niemand, der stirbt, steht auf der Höhe, welche in der Unendlichkeit liegt. Abraham oder irgend ein Bauer der alten Zeit starb ›alt und lebensgesättigt‹, weil er im organischen Kreislauf des Lebens stand, weil sein Leben auch seinem Sinn nach ihm am Abend seiner Tage gebracht hatte, was es bieten konnte, weil für ihn keine Rätsel, die er zu lösen wünschte, übrigblieben und er deshalb ›genug‹ daran haben konnte. Ein Kulturmensch aber, hineingestellt in die fortwährende Anreicherung der Zivilisation mit Gedanken, Wissen, Problemen, der kann ›lebensmüde‹ werden, aber nicht: lebensgesättigt.
Und weil der Tod sinnlos ist, ist es auch das Kulturleben als solches, welches ja eben durch seine sinnlose ›Fortschrittlichkeit‹ den Tod zur Sinnlosigkeit stempelt.« (Max Weber[16])

Natürlicher Tod und Opfertod. Warum hat der erwartete und vorhergesehene Alterstod, der Tod in der Familie – welcher von Abraham bis zu unseren Großvätern als einziger einen vollen Sinn für die traditionelle Gemeinschaft hatte – diesen Sinn heute nicht mehr? Er ist nicht einmal mehr rührend, sondern nahezu lächerlich und in jedem Fall gesellschaftlich unbedeutend. Warum hat umgekehrt der gewaltsame, zufällige und Unfall-Tod, der früher für die Gemeinschaft ein Un-Sinn war (er war gefürchtet und verfemt, wie bei uns der Selbstmord), bei uns so viel Bedeutung: er allein füllt die Chroniken, fasziniert und berührt die Einbildungskraft. Noch einmal ist unsere Kultur die des Unfalls, wie Octavio Paz sagt.
Eine üble Ausbeutung des Todes durch die Medien? Nein: sie begnügen sich, damit zu arbeiten, daß die einzigen Ereignisse, die für alle ohne Kalkül oder Umweg unmittelbar bedeutsam sind, diejenigen Ereignisse sind, die auf die eine oder andere Weise den Tod ins Spiel bringen. In diesem Sinne sind die übelsten auch die objektivsten Medien. Und auch hier ist eine Interpretation in den Begriffen individueller verdrängter Triebe, des unbewußten Sadismus, etc. leichtfertig und ohne Interesse – denn es handelt sich um eine *kollektive* Leidenschaft. Der gewaltsame oder katastrophische Tod befriedigt nicht das kleine, durch die dreckigen Massenmedien manipulierte individuelle Unbewußte (das wäre eine sekundäre und bereits *moralisch* verfälschte Betrachtungsweise) – er berührt nur

deshalb so grundlegend, weil er die Gruppe selber ins Spiel bringt, die Begeisterung der Gruppe für sich selber, die er auf die eine oder andere Weise vor ihren eigenen Augen umwandelt und erlöst.
Der »natürliche« Tod ist sinnlos, weil die Gruppe daran keinen Anteil hat. Er ist banal, weil er mit dem banalisierten individuellen Subjekt und der banalisierten Familienzelle verbunden ist und weil er nicht mehr kollektives Freud und Leid ist. Jeder beerdigt seine Toten. Bei den Primitiven gibt es keinen »natürlichen« Tod: jeder Tod ist gesellschaftlich, öffentlich und kollektiv, und er ist immer die Wirkung eines gegnerischen *Willens,* der durch die Gruppe (nicht die Biologie) absorbiert werden muß. Diese Absorbierung geschieht im Fest und in den Riten. Das Fest ist ein Austausch der Willen (man sieht nicht, wie das Fest ein *biologisches* Ereignis resorbieren könnte). Böse Willen und Sühneriten werden über dem Kopf des Toten ausgetauscht. Der Tod treibt sein Spiel und er gewinnt symbolisch – der Tote gewinnt seinen Status und die Gruppe bereichert sich um einen Partner.
Bei uns macht der Tote sich aus dem Staube. Er hat nichts mehr auszutauschen. Bereits bevor er stirbt, ist er ein Residuum. Er ist am Ende eines Lebens der Akkumulation und wird vom Ganzen abgezogen: eine ökonomische Operation. Er wird zu keiner Erinnerung: höchstens dient er als Alibi der Lebenden und der evidenten Überlegenheit der Lebenden über die Toten. Das ist ein banaler, ein-

dimensionaler Tod, das Ende eines biologischen Parcours, die Bezahlung einer Schuld: »den Geist aufgeben«, wie ein Reifen, der seine Luft verliert. Welche Plattheit!

Jede Leidenschaft flüchtet sich folglich in den gewaltsamen Tod, der allein so etwas wie das Opfer ausdrückt, das heißt eine reale Umwandlung *durch den Willen der Gruppe.* Und so wird der Tod – unwichtig ob er durch einen Unfall, eine Katastrophe oder ein Verbrechen verursacht ist – von dem Moment an, in dem er der »natürlichen« Vernunft entgeht und zu einer Herausforderung der Natur wird, wieder zu einer Angelegenheit der Gruppe; er verlangt eine kollektive und symbolische Antwort – in einem Wort, er erregt eine *nicht-natürliche, künstliche Leidenschaft,* die zugleich eine Opferleidenschaft ist. Die Natur ist geistlos und hat keinen Sinn, es ist unnütz, einen Toten »der Natur zurückzugeben«; er muß nach genauen herkömmlichen Riten ausgetauscht werden, damit seine Energie, die Energie des Toten und des Todes, auf die Gruppe zurückwirkt und von der Gruppe aufgenommen und verausgabt wird, anstatt nur der »Natur« überlassen zu werden. Für uns, die wir keinen wirksamen Ritus zur Absorption des Todes und seiner gewaltigen Energie mehr haben, bleibt das Phantasma des Opfers und des gewaltsamen künstlichen Eingriffes des Todes. Daher die intensive und zutiefst *kollektive* Befriedigung angesichts des Todes im Auto. Was beim tödlichen Unfall so fasziniert, ist die Künstlichkeit des Todes. Er ist technisch, nicht natürlich, also *beabsichtigt* (möglicherweise vom Opfer selber), also von neuem interessant – denn der *beabsichtigte* Tod hat einen Sinn. Diese Künstlichkeit des Todes bedingt, ebenso wie beim Opfer, seine *ästhetische* Verdoppelung in der Imagination und das sich daraus entwickelnde Vergnügen. Das »Ästhetische« hat offensichtlich nur für uns, die wir der Kontemplation verschrieben sind, einen Wert. Für die Primitiven ist das Opfer nicht »ästhetisch«, aber es bezeichnet immer eine Zurückweisung natürlicher und biologischer Abläufe, einen initiatorischen Eingriff und eine kontrollierte, gesellschaftlich verordnete Gewalt – eine widernatürliche Gewalt, die wir nur noch im Zufall eines Unfalls oder einer Katastrophe erfahren können. Wir erleben diese Opfer also als *gesellschaftliche* symbolische Ereignisse von höchster Bedeutung. Schließlich ist der Unfall nur für die offizielle Vernunft akzidentiell, das heißt absurd – für den symbolischen Anspruch, dem wir niemals entgehen, ist der Unfall immer etwas anderes.

Die Geiselnahme enthüllt das gleiche Bild. Einhellig verurteilt, erzeugt sie Schrecken und eine tiefe Freude. Sie wird in dem Augenblick zu einem politischen Ritual allerersten Ranges, in dem das Politische der Gleichgültigkeit verfällt. Die Geisel hat einen hundertfach höheren symbolischen Nutzen als der Tod im Auto, der selber bereits hundertfach den natürlichen Tod überragt. Hier findet sich eine Art von *Zeit* des Opfers und des Rituals der Hinrichtung wieder, ein Nahen des kollektiv erwarteten

Todes – der völlig unverdient ist, also total künstlich und aus der Sicht der Opferung perfekt, dessen Vollstrecker, der »Kriminelle«, es im allgemeinen akzeptiert, als Gegenleistung selber zu sterben, was zu der Regel eines symbolischen Tausches gehört, der wir viel stärker unterliegen als der ökonomischen Ordnung.

Der Arbeitsunfall gehört der ökonomischen Ordnung an und hat keinen symbolischen Wert. Er ist der kollektiven Imagination ebenso gleichgültig wie dem kapitalistischen Unternehmer, denn er ist eine Störung der Maschine und kein Opfer. Er wird aus Prinzip zurückgewiesen und ist eine Revolte gegen das Prinzip, das auf dem Recht auf Leben und Sicherheit basiert – er ist weder Gegenstand noch Ursache eines *spielerischen* Schreckens.[17] Wie man weiß, *spielt* allein der Arbeiter mit seiner Sicherheit – aus der Sicht der Gewerkschaften und Chefs, die von dieser Herausforderung nichts verstehen, viel zu leichtfertig.

Wir alle sind Geiseln, das ist das Geheimnis der Geiselnahme, und wir alle träumen davon, den Tod zu *erhalten* und den Tod zu *geben,* anstatt dumm durch Verschleiß zu sterben. Denn Geben und Erhalten ist ein symbolischer Akt (der symbolische Akt par excellence), und er vertreibt aus dem Tod all die indifferente Negativität, die er für uns in der »natürlichen« Ordnung des Kapitals hat. Ebenso ist unser Verhältnis zu Gegenständen nicht mehr lebendig oder sterblich, sondern instrumentell – wir vermögen sie nicht mehr zu zerstören, noch erwarten wir von ihnen unseren Tod – eben deshalb sind sie tatsächlich tote Gegenstände, die uns schließlich töten, allerdings auf die gleiche Weise wie im Arbeitsunfall, bei dem ein Objekt das andere zermalmt. Allein der Autounfall stellt in gewisser Weise das Gleichgewicht der Opferung wieder her. Denn der Tod ist eine Sache, die sich teilt, und wir müssen ihn mit unseren Gegenständen wie mit anderen Menschen zu teilen wissen. Nur gegeben und zurückerhalten, das heißt durch den Tausch vergesellschaftet, hat der Tod einen Sinn. In der primitiven Ordnung ist alles dafür eingerichtet. In der Ordnung unserer Kultur ist im Gegenteil alles so eingerichtet, daß der Tod einem niemals von *irgendeinem* anderen zugefügt wird, sondern immer von der »Natur« als eine unpersönliche Zerstörung des Körpers. Wir erleben unseren Tod als »reales« in unseren Körper eingeschriebenes Schicksal, weil wir es nicht mehr verstehen, ihn in einen symbolischen Tauschritus einzuschreiben. Die Ordnung des »Realen«, der »Objektivität« des Körpers, wie auch die Ordnung der politischen Ökonomie resultieren aus der Unterbrechung dieses Tausches. Von da an existiert unser Körper als Ort, in den der unveräußerliche Tod eingeschlossen ist, und wir glauben schließlich an diese biologische Essenz des Körpers, über die der Tod wacht – und über den Tod wacht die Wissenschaft. Die Biologie ist vom Tode umschlossen, und der Körper, den sie konzipiert, ist vom Tod umschlossen, woraus ihn kein Mythos mehr befreien kann. Der Mythos (das Ritual), der den Körper von dieser Oberhoheit der Wissenschaft befreien könnte, ist verloren oder er ist noch nicht gefunden worden. Deshalb versuchen wir anderen, unsere Gegenstände und unseren eigenen Körper als instrumentell zu bestimmen – um von ihnen nicht mehr den Tod zu erhalten. Das aber gelingt uns nicht – das gilt für den Tod wie für den Rest: wenn wir ihn weder geben noch erhalten wollen, so umschließt er uns in dem biologischen Simulakrum unseres eigenen Körpers.

Requiem für die Twin Towers

Zunächst einmal, warum Twin Towers? Warum zwei Zwillingstürme im World Trade Center?
All die großen Gebäude Manhattans waren sich bis dahin in einer Konkurrenz der Vertikalität gegenübergestanden, aus der das berühmte architektonische Panorama der Stadt erwuchs. Dieses Bild hat sich 1973 mit dem Bau des World Trade Center verändert. Der bildliche Ausdruck des Systems ist vom Obelisken und der Pyramide nunmehr zur Lochkarte und zum Balkendiagramm der Statistik übergegangen. Diese architektonische Graphie verkörpert ein System, das nicht mehr von Konkurrenz geprägt ist, sondern vom Numerischen und Rechnerischen, in dem die Konkurrenz zugunsten der Netze und des Monopols verschwindet.
Die Tatsache, daß es zwei sind, bedeutet den Verlust aller originalen Referenz. Gäbe es nur einen, dann wäre er nicht

die perfekte Verkörperung des Monopols. Nur die Verdoppelung des Zeichens zieht wirklich einen Schlußstrich unter das, was es bezeichnet. Und es liegt eine besondere Faszination in dieser Verdoppelung. So hoch sie auch sein mögen, die beiden Türme bedeuten dennoch einen Stopp der Vertikalität. Sie sind nicht vom gleichen Schlag wie die anderen Hochhäuser. Sie kulminieren im exakten Widerschein des einen im anderen. Die Gebäude des Rockefeller Center hatten ihre Glas- und Stahlfassaden noch in einer unendlichen Spiegelhaftigkeit der Stadt gespiegelt. Die Türme aber haben keine Fassade, kein Gesicht mehr. Mit der Rhetorik der Vertikalität verschwindet auch die Rhetorik des Spiegels. Mit diesen in einem perfekten Gleichgewicht befindlichen blinden Monolithen bleibt nur mehr eine Art Black Box, eine über der Zwei geschlossene Serie, so als würde die Architektur nach dem Vorbild des Systems nur noch auf Klonung und dem unveränderlichen genetischen Code beruhen.

New York ist die einzige Stadt der Welt, die auf diese Weise im Verlauf ihrer Geschichte die aktuelle Form des Systems und all seine Wandlungen mit erstaunlicher Treue nachgezeichnet hat. Wir müssen also annehmen, daß der Einsturz der Türme – ein einzigartiges Ereignis in der Geschichte der modernen Städte – einen Vorgeschmack gibt auf das dramatische Ende dieser Form von Architektur und des in ihr verkörperten Systems. In ihrer rein informationellen, finanziellen, rechnerischen und numerischen Modellierung bildeten sie dessen Gehirn. Indem die Terroristen hier zuschlugen, trafen sie das neuralgische Zentrum des Systems. Die Gewalt des Globalen kommt auch in der Architektur zum Ausdruck, im Schrecken, in diesen Sarkophagen aus Glas, Stahl und Beton zu leben. Der Schrecken, in ihnen zu sterben, ist vom Schrecken, in ihnen zu leben, nicht zu trennen. Deshalb vollzieht sich auch die Anfechtung dieser Gewalt über die Zerstörung der Architektur.

Diese architektonischen Monster haben schon immer eine ambivalente Faszination ausgelöst, eine widersprüchliche Form von Anziehung und Abstoßung, und irgendwo also auch eine geheime Lust, sie verschwinden zu sehen. Im Falle der Twin Towers kommt zusätzlich noch diese perfekte Symmetrie und diese Zwillingshaftigkeit hinzu, die zwar auch eine ästhetische Qualität besitzt, in der aber auch das Ärgernis jeder tautologischen Form steckt, die aufgelöst zu werden verlangt. Sogar ihre Zerstörung hat diese Symmetrie respektiert: ein zweifacher Schlag in einigen Minuten Abstand – eine Spannung, die zunächst noch an einen Unfall glauben läßt, während der zweite Schlag den terroristischen Akt besiegelt.

Der Einsturz der Türme ist ein symbolisches Ereignis von herausragender Bedeutung. Stellen Sie sich vor, sie wären nicht eingestürzt oder nur einer von ihnen wäre eingestürzt: die Wirkung wäre keineswegs dieselbe gewesen. Auch der augenfällige Beweis für die Fragilität der Weltmacht wäre nicht in gleicher Weise erbracht. Die Türme, die das Emblem dieser Macht waren, verkörpern sie noch in ihrem dramatischen Ende, das einem Selbstmord ähnelt. Indem man sie von sich aus, wie durch eine Implosion, einstürzen sah, hatte man den Eindruck, sie würden – in Antwort auf den Selbstmord der Selbstmordflugzeuge – ihrerseits Selbstmord begehen.

Obgleich es sich bei den Türmen um ein architektonisches und ein symbolisches Objekt zugleich handelt, ist natürlich klar, daß das symbolische Objekt ins Visier genommen wurde, und man könnte meinen, ihre physische Zerstörung habe ihren symbolischen Zusammenbruch nach sich gezogen. Doch ist das Gegenteil der Fall: Die symbolische Aggression zog den physischen Einsturz nach sich. Als hätte die Macht, die die Türme bis dahin trug, plötzlich all ihre Spannkraft verloren. Als hätte diese arrogante Macht unter der Wirkung jener übermäßigen Kraftanstrengung, das einzige Weltmodell sein zu wollen, plötzlich nachgegeben. Erschöpft, dieses allzu schwer lastende Symbol zu sein, und mit ihren Kräften am Ende, sind sie schließlich vor den verblüfften Augen der ganzen Welt in ihrer Vertikalität zusammengebrochen.

Es ist überaus logisch, daß der Aufstieg der Macht den Wunsch verstärkt, sie zu zerstören. Ja mehr noch: Irgendwo ist sie sogar die Komplizin ihrer eigenen Zerstörung. Und diese interne Negation ist umso stärker, je mehr sich das System der Perfektion und der Allmacht nähert. Alles geschah also in einer Art unvorhersehbaren Komplizenschaft, so als hätte das ganze System aufgrund seiner inneren Fragilität bei seiner eigenen Liquidierung mitgemacht und wäre damit auf das Spiel des Terrorismus eingegangen. Es hieß einmal: Gott kann sich nicht selbst den Krieg erklären. Aber ja: Der Westen, der sich in der Position Gottes, in der Position göttlicher Allmacht und absoluter moralischer Legitimität befindet, wird selbstmörderisch und erklärt sich selbst den Krieg.

Was die Frage angeht, was man anstelle der Türme bauen solle, so ist sie unlösbar – es ist nichts Gleichwertiges vorstellbar, das wert wäre, zerstört zu werden. Die Twin Towers waren es wert. Das läßt sich nicht von vielen Bauwerken sagen. Die meisten Dinge verdienen es nicht, zerstört oder geopfert zu werden – nur Werke mit einem großen Nimbus haben das verdient. Dieser Satz ist gar nicht so paradox, und er richtet eine grundsätzliche Frage an die Architektur: Man sollte nur bauen, was aufgrund seines herausragenden Charakters wert wäre, zerstört zu werden. Schauen Sie sich anhand dieser Fragestellung einmal um, und Sie werden nicht viel sehen, was ihr standhalten würde.

Was die bewußte Zerstörung großartigster Werke betrifft, deren Schönheit oder Macht wie eine Provokation wirken, so gibt es berühmte Präzedenzfälle zu diesem Attentat. Die kriminelle Zerstörung des Tempels von Ephesus, Rom und Heliogabal, den Brand des Goldenen Pavillons

bei Mishima[18]. Nicht zu vergessen den anarchistischen Versuch in Joseph Conrads Roman *Der Geheimagent*, das Observatorium von Greenwich in die Luft zu sprengen, »um das Volk von der Zeit zu befreien«.
Wie dem auch sei, die Türme sind verschwunden. Doch haben sie uns das Symbol ihres Verschwindens hinterlassen, das Symbol des möglichen Verschwindens dieser Allmacht, die sie verkörperten. Was auch immer in der Folge geschehen mag, diese Allmacht wird hier, in der Spanne eines Augenblicks, zerstört worden sein.
Übrigens: Die beiden Türme mögen zwar verschwunden sein, sie sind aber dennoch nicht zu nichts geworden. Selbst indem sie zu Staub geworden sind, haben sie uns die Form ihrer Abwesenheit hinterlassen. Niemand, der sie gekannt hat, kann einfach aufhören, sie sich vorzustellen, sie und ihre Zeichnung am Himmel, die von allen Punkten der Stadt aus sichtbar war. Durch ihr Ende im materiellen Raum sind sie in einen endgültigen imaginären Raum übergegangen. Dank des Terrors sind sie zum schönsten Gebäude der Welt geworden – was sie zur Zeit ihrer Existenz gewiß nicht waren.

Was immer man über ihre ästhetische Qualität denken mag, die Twin Towers waren eine absolute Spitzenleistung, wie auch ihre Zerstörung eine absolute Spitzenleistung war. Das ist jedoch keine Rechtfertigung dafür, den 11. September als das größte aller Kunstwerke zu verherrlichen, wie es Karl-Heinz Stockhausen tat. Warum sollte ein Ausnahmeereignis ein Kunstwerk sein? Es für ästhetische Zwecke einzuspannen ist genauso widerwärtig, wie es für moralische oder politische Zwecke einzuspannen – vor allem wenn das Ereignis gerade deshalb so einzigartig ist, weil es sich eben jenseits von Ästhetik und Moral befindet. Damit – und in diesem Sinne trifft Stockhausens Erklärung zu – ist das Ereignis an sich erstaunlich, jenseits allen Kommentars. Es ist unvorstellbar, weil es alle Imagination in sich absorbiert und weil es keinen Sinn hat. Es schließt sich nach allen Richtungen hin ab, wie Rothko sagen würde. Nichts vermag ihm zu entsprechen. Das einzige Echo wäre vielleicht in bestimmten Formen der modernen Kunst zu finden, die man als terroristisch bezeichnen könnte und die also ein solches Ereignis ankündigen würden, doch nie in Form einer Darstellung – und niemals im nachhinein. Nach einem solchen Ereignis ist es zu spät für die Kunst, zu spät für die Darstellung. Die situationistische Utopie einer Äquivalenz von Kunst und Leben war in ihrer Substanz terroristisch: Terroristisch ist jener Extrempunkt, an dem die Radikalität der künstlerischen *performance* oder der Idee gemäß einer poetischen Übertragung der Situation auf die Dinge selbst, auf die *écriture automatique* der Realität überging. Doch konnte die Kunst nur davon träumen, dieses materielle Ereignis zu sein, das alle mögliche Darstellung absorbiert, denn sie ist weit davon entfernt, und nichts im Bereich der

Vorstellung oder Darstellung kommt heute einem solchen Ereignis gleich oder kann sich mit ihm messen.
Außer vielleicht die beunruhigende Allegorie jenes afrikanischen Künstlers, der den Auftrag für ein Werk erhielt, das auf dem Vorplatz des World Trade Center aufgestellt werden sollte. Ein Werk, das ihn selbst darstellt, während sein Körper, einem modernen heiligen Sebastian gleich, von Flugzeugen durchbohrt wird. Als er am Morgen des 11. September in sein Atelier kam, um daran zu arbeiten, wurde er samt seinem Werk unter den Trümmern der Türme begraben. Das wäre im Grunde der Gipfel der Kunst – die magische Vollkommenheit des Werks, das durch das in Lebensgröße stattfindende Ereignis, von dem es eine Vorahnung gab, schließlich zur gleichen Zeit realisiert, verwandelt und vernichtet wurde.

Alles liegt im ersten Augenblick begründet. Alles findet sich im Zusammenprall der Extreme vereint. Wenn man diesen Moment der Faszination, in dem die verblüffende intuitive Vorahnung des Ereignisses durch die Immoralität des Bildes verdichtet wird, zurückweist, begibt man sich jeder Möglichkeit, den Ausnahmecharakter des Ereignisses zu verstehen. Sämtliche Diskurse entfernen uns dann unwiderruflich vom Ereignis, und seine Kraft verliert sich in politischen und moralischen Überlegungen.
Einem einzigartigen Ereignis muß also eine einzigartige, unmittelbare und unwiderrufliche Reaktion entsprechen,

die seine potentielle Energie ausnützt – wobei alles, was folgt, der Krieg eingeschlossen, nur eine Art Verwässerung und Ersatz sein kann. Daher rührt die Schwierigkeit, ihm gegenüberzutreten, ohne es irgendwie erklären zu wollen: Alles, was ihm einen Sinn zu geben versucht – und sei er noch so subtil oder vorteilhaft –, negiert es insgeheim. Denn was Ereignis wird, entspringt einer Trennung der Wirkungen von den Ursachen, einer Präzession, das heißt einem Vorrücken der Wirkungen, es überschreitet die Kausalität in einer Weise, daß es deren Prinzip auszulöschen scheint (vermutlich hat nur das wirklich statt, was keinen hinreichenden Grund hat, stattzuhaben).

Alles, was man tun kann, ist, auf ein Ereignis mit einem anderen Ereignis zu antworten, das heißt mit einer Analyse, die möglicherweise genauso inakzeptabel ist wie das Ereignis selbst. Und wenn sich im einzigartigen Ereignis die Wirkungen von ihren Ursachen befreien, dann muß sich auch das Denken, das ihm gegenübertritt, von seinen Voraussetzungen und seinen Referenzen befreien.

Gibt es eine Präzession, ein Vorrücken des Denkens gegenüber dem Ereignis? Man hat den Eindruck, daß das Ereignis immer schon da war, durch Antizipation anwesend, und daß es schneller ist als das Denken, indem es um sich herum plötzlich Leere schafft und die Welt aller Aktualität beraubt. In gewisser Weise erleben wir es übrigens gar nicht als etwas, das wirklich stattgefunden hat, sondern als eine Phantasmagorie, verbunden mit der retrospektiven Angst, daß es auch nicht stattgefunden haben könnte. Das kleinste Detail hätte ein solches Unternehmen scheitern lassen können, und zweifellos wird mehr als ein Ausnahmeereignis aus solch einem winzigen Grund – das Schicksal ist subtil – niemals stattgefunden haben. Wenn es aber eintritt, dann wirkt es wie ein absorbierender Hauch, wie eine Absorptionsbombe, die alle künftigen Ereignisse erstickt, so daß es nicht nur all das auslöscht, was ihm vorausging, sondern auch das, was nach ihm kommt.

Dennoch geht ihm das Denken in gewisser Weise voraus, denn es strebt ebenfalls danach, Leere zu schaffen, damit in ihr das erscheinen könne, was nicht mit Bedeutung versehen war und es vermutlich niemals sein wird. Dadurch unterscheidet sich das radikale Denken von der kritischen Analyse: Letztere ist bestrebt, über ihr Objekt im Austausch gegen einen Sinn und eine Interpretation zu verhandeln, während ersteres versucht, es solcher Verhandlung zu entreißen und es dem unmöglichen Tausch zu überlassen. Es geht um keine Erklärung mehr, sondern um ein Duell, wobei das Denken und das Ereignis einander wechselseitig herausfordern. Das ist der Preis, um den die Buchstäblichkeit des Ereignisses gerettet werden kann.

Die radikale Analyse mißt sich mit dem Ereignis selbst. Sie betrachtet es nicht als eine Tatsache – jede Interpretation als »Tatsache« [fait] ist eine »künstliche« [factice]

Interpretation. Und wenn es wahr ist, daß sich die meisten Ereignisse auf einen Sachverhalt reduzieren lassen, dann verdienen nur jene wirklich den Namen Ereignis, die sich dem entziehen. Die Analyse ist auch nicht der Spiegel des Ereignisses, denn eine Begegnung mit dem »Realen« von Angesicht zu Angesicht ist unmöglich (das Reale selbst ist unmöglich, und die Tatsache, daß es stattgefunden hat, tut seiner objektiven Unmöglichkeit keinen Abbruch).

Es ist angebracht, sich mit diesem Ereignis in seiner Unmöglichkeit, seiner Unvorstellbarkeit – sogar als Unfall – zu messen. Wenn es ein Ereignis gibt, dann kann es nicht anders, als die Begriffe ihrem Referenzbereich zu entreißen. Was jeden Versuch einer Totalisierung – einschließlich der durch das Böse oder das Schlimmste – vergeblich macht. Das System wird zwar unentwegt weitermachen, nunmehr aber ohne ein Ende zu haben, nicht einmal das seiner Apokalypse. Denn die Apokalypse ist bereits da, und zwar in Form einer unerbittlichen Liquidation aller Zivilisation, vielleicht sogar der Gattung. *Was aber liquidiert ist, das muß man noch zerstören.* Das Denken und das Ereignis spielen in diesem Akt der symbolischen Zerstörung eng zusammen.

*Es gibt Kulturen, die haben eine Vorstellung von ihrem Ursprung,
aber keine von ihrem Ende.
Es gibt andere, die sind von beidem besessen.
Zwei weitere Haltungen sind möglich: nur eine Vorstellung vom Ende
zu haben – wie unsere – oder weder Ursprung noch Ende zu kennen –
wie die Kultur, die kommen wird.*

Die Abschreckung der Zeit

Im geographischen Raum, wo wir die Grenzen des Planeten erreicht und alles darin erforscht haben, können wir uns nur immer schneller und schneller im Kreis drehen, wir können nur im Erdkreis implodieren, in einem künftighin klar umschriebenen Raum, der gerade wegen unserer zunehmenden Mobilität von Tag zu Tag mehr schrumpft – bis zu einem Punkt, wo all unsere Reisen schon stattgefunden haben und wo alle unsere Gelüste nach Streuung, Flucht, Ortsveränderung sich auf einen einzigen fixen Punkt konzentrieren, auf eine Immobilität, welche nicht mehr jene der Nichtbewegung ist, sondern im Gegenteil jene der potentiellen Allgegenwart der absoluten Mobilität, welche ihren eigenen Raum dadurch zunichte macht, daß sie ihn unermüdlich und ohne Mühe durchstreift. Wir bleiben schließlich an Ort und Stelle, vor unseren Bildschirmen, vollkommen entrückt, verblüfft – wozu sich denn noch bewegen?

Nur die Naiven der Geographie träumen noch davon, die Welt zu entdecken. Und die Kugel wird wieder zu einem Punkt, der seine eigenen Dimensionen absorbiert. Das ist das Ende der Reise, weil es das Ende des Raums ist, weil es keine Grenzen mehr gibt, die man überqueren könnte. Die Transzendenz ist in Tausende von Fragmenten explodiert, welche wie die Scherben eines Spiegels sind, worin wir verstohlen noch das Spiegelbild unseres Gesichts, unseres Bildes, sehen, unmittelbar bevor es verschwindet. Wie in den Fragmenten eines Hologramms enthält jedes Bruchstück das gesamte Universum. Man braucht sich nur darin zu betrachten: Die Implosion ist total. Die Implosion, das ist diese Qualität des fraktalen Objektes, sich vollständig in jedem seiner kleinsten Ausschnitte wiederzufinden, anstatt sich in ein Ganzes zu transzendieren. Wir können in diesem Sinn heute von einem fraktalen Subjekt sprechen, welches, anstatt sich in einer Totalität oder Finalität zu projizieren, in eine Vielzahl miniaturisierter Egos zersplittert, die einander gleichen und auf embryonale Weise wie in einer biologischen Kultur die Umgebung durch unendliche Vermehrungsteilung sättigen. Genauso wie das gesamte fraktale Objekt in allen Zügen seinen Ausschnitten und Bruchteilen gleicht, trachtet das fraktale Subjekt, das wir heute praktisch alle sind, nicht mehr nach erhabener, transzendierender Identifikation, nach einem höheren Idealbild – es träumt nur noch davon, jedem seiner Splitter zu gleichen. Sein

Traum richtet sich sozusagen nach unten, diesseits jeder Repräsentationsszene, zum kleinsten molekularen Fragment seiner selbst, um anschließend seinen eigenen Raum durch Vermehrung mit eben diesen mikroskopisch kleinen Abbildern seiner selbst zu erfüllen. Es träumt nicht mehr von seinem Gesicht, auch nicht von seinem Spiegelbild; es träumt nur noch von einer genetischen Formel der unendlichen Reproduktion.
Merkwürdiges fraktales Subjekt! Die höchste Gefahr für das Individuum bestand darin, daß es sich in der Menge verlor und allen anderen glich. Doch dies ist nicht mehr seine Angst, unsere Angst – die Furcht vor der Anonymität und der Konformität, die Zwangsvorstellung von Differenz und Verfremdung quälen unsere Gedanken nicht mehr. Und was uns von der Angst befreit, anderen zu gleichen, ist gerade, nur noch sich selbst zu gleichen, sich selbst überall wiederzufinden: mit der eigenen Formel identisch, gleichzeitig über alle Bildschirme laufend. Die Gleichartigkeit droht nicht mehr von außen, nach außen, durch die anderen. Die Bedrohung kommt jetzt aus dem Inneren des Individuums: es ist dies unbegrenzte Sich-selber-Gleichen, wenn man sich in seine einfachen Elemente auflöst. Die Fatalität, das heißt die Möglichkeit, sich selbst in ein Höheres aufzulösen, sich selbst zu verlieren, besteht heute in einem inneren Taumel, in einem Zerplatzen im Identischen, in einer narzißtischen Treue zu seiner eigenen Formel. Sich selber entfremdet, d. h. zu

sich selber entfremdet, denn das ist eine neue Art von Entfremdung und Entäußerung, nicht nach außen, sondern nach innen, zu seinen zahllosen Clones, Hologrammen, kleinen isomorphen Ichs. Die Implosion ist vollkommen und ist eine neue implosive Art der Alienation. Wenn jedes Individuum sich zu einem hyperpotentiellen Punkt verdichtet, ist der ganze Rest verödet; die anderen existieren praktisch nicht mehr. Die anderen im Sinne zu behalten ist unmöglich und zudem sinnlos – genauso wie die Vorstellung des Raums, wenn man die Möglichkeit hat, ihn sofort zu überwinden. Sich beispielsweise die Antipoden vorzustellen, die Südländer und alles, was uns davon trennt, ist von dem Moment an zwecklos, wo das Flugzeug uns innerhalb von 20 Stunden dahin bringen kann. Sich die anderen vorzustellen und all das, was sie uns nahebringt oder von ihnen trennt, ist zwecklos, sobald die Kommunikation, die sogenannte Kommunikation, sie uns unmittelbar präsent macht. Es wird unmöglich, sich die Zeit, ihre Dauer und ihre Komplexität vorzustellen, sobald jedes Vorhaben durch seine unmittelbare Durchführung vorweggenommen wird.

Imagination ist einmal etwas Unmögliches gewesen. Ein primitiver Mensch oder ein Bauer konnte sich keinen Raum jenseits seines angestammten Lebenskreises vorstellen, weil nicht die geringste Chance bestand, daß er mit diesem Jenseits konfrontiert würde. Der Horizont war geistig unüberwindbar. Heute ist Imagination unmöglich, weil alle Horizonte überwunden sind, weil man im vornherein mit dem gesamten Jenseits konfrontiert ist und nichts anderes übrigbleibt, als sich vor einer viel zu umfangreichen Erfahrung zurückzuziehen, die durch ihre unbegrenzte Weite unmenschlich geworden ist. Diese Rückbewegung ist der Rückzug des sogenannten narzißtischen Subjekts – des Subjekts, für das der Horizont des anderen, der sexuelle und soziale Horizont des anderen, verschwunden ist; des Subjekts, dessen geistiger Horizont sich auf die Manipulation seiner Bildschirme und seiner Bilder verengt hat. Damit hat es alles, was es braucht. Warum soll es sich denn noch mit Sex und Lust und Verführung befassen?

Die sexuelle Abneigung entsteht im Rahmen der Netze, der Systeme; sie entsteht aus der Verworrenheit und der Geschwindigkeit der Konnektionen. Sie ist gleichzeitig mit der wüstenartigen Form des Raums, die die Geschwindigkeit hervorruft, mit der wüstenartigen Form des Sozialen, welche Kommunikation und Information erzeugen. Fraktale Zersetzung und Zerteilung des Körpers, des Sex, des Objekts, der Lust – von nächster Nähe betrachtet gleichen sich alle Körper, alle Gewebe. Unser sexuelles Verlangen hält heute an dieser pellikularen Oberfläche fest, an diesem molekularen Relief, an diesem kurzlebigen Film, der genauso ist wie derjenige eines numerischen fraktalen oder televisuellen Bildes. Die Vergrößerung eines Gesichtes ist ebenso erotisch und obszön wie ein aus der Nähe betrachtetes Geschlechtsteil: es *ist* ein Geschlechtsteil. Jedes Bild, jede Form, jeder Körperteil ist ein Geschlechtsteil, wenn man sie von nahem besieht. Es ist die Promiskuität des Details, das sexuell wird; es ist die Vergrößerung des Zooms, die einen sexuellen Wert annimmt. Die Übertriebenheit jedes Details zieht uns an wie ein Abgrund, oder auch die Verästelung, die serielle, bis ins Unendliche gehende Vervielfachung des gleichen Details. Der extremen Distanz der Verführung steht die extreme Promiskuität der Pornographie gegenüber. Unsere Obszönität ist fotografisch, kinematografisch. Sie zerlegt die Körper in ihre kleinsten Bestandteile, die Gesten in ihre kleinsten Bewegungen. Und unsere Lust gilt heute diesen neuen kinetischen, numerischen, künstlichen, synthetischen, fraktalen Bildern, weil sie alle viel näher und weniger definiert sind. Sie sind weniger reich, weniger komplex – man könnte sagen, sie seien geschlechtslos. Aber wir suchen nicht mehr die Definition, den Sinn, den erträumten Reichtum in diesen Bildern; wir suchen den Taumel ihrer Oberflächlichkeit, ihrer Künstlichkeit, die Künstlichkeit ihres Details. Wir wollen in die Intimität ihrer Technik eindringen, nichts anderes. Genauso ist es mit dem Körper und mit dem Geschlecht. Wir suchen die Bedeutung der Details in der sexuellen Aktivität wie auf einem Bildschirm oder unter einem Mikroskop, wie die Details eines chemischen oder biologischen Vorgangs. Wir suchen die

Zersetzung des Verlangens in Teilobjekte, und da ist die Erfüllung des Verlangens in der technischen Raffinesse des sexuellen Körpers. So wie ihn die sexuelle Befreiung an und für sich verändert, so ist der Körper nur noch eine Vielfalt von Oberflächen, eine vielseitige Gestaltung der erogenen Einzelheiten, eine Mikroskopie des Verlangens, eine rasche Vermehrung des sexuellen Lebens in seinen vielfachen Objekten, wodurch der Körper in seiner menschlichen Dimension, in seiner wünschbaren Darstellung, in seiner Verführung, in seiner szenischen Kraft, aus dem Blickfeld gerät, Körper und Geschlecht in der Beschleunigung und Vergrößerung ihre eigene Definition verlieren.

All das trifft zweifellos auf die Zeit noch viel mehr als auf den Raum zu. Was wir über die Veränderung des Raums infolge seiner vollständigen Erforschung gesagt haben, gilt analog auch für die Zeit. Nachdem die linearen Möglichkeiten bis zur Unendlichkeit ausgeschöpft sind, nachdem wir immer mehr und mehr Zeit gewonnen haben und der Zeit vorausgeeilt sind, sie in alle Richtungen beschleunigt haben, haben wir, wie beim Raum die Grenzen einer Art zeitlichen Globus erreicht, wir haben ihn in allen Richtungen, in denen es menschenmöglich war, durch ein maßloses Vorgreifen erforscht, und nun sind wir genau an diesem Punkt, am gleichen Punkt angelangt wie beim Raum. Es ist nutzlos geworden, im Traum oder Plan, in der Utopie, Nostalgie oder Erinnerung durch die

Zeit zu streifen, denn alle Punkte der Zeit sind hier in einem einzigen zusammengefaßt, in diesem Hier, dem unsrigen, wo sowohl die gesamte Information der Vergangenheit als auch die Autoregulation der Zukunft schon vorhanden sind. Die Verwendung der Zeit hat sich also beträchtlich verringert und verengt. Sie erschöpft sich in der Aktualität der operationalen Sequenzen, der Orbit der Zeit ist mit der zunehmend rascheren Veränderung kleiner geworden. Von der großen Parabel mit elliptischen Verkürzungen voller Scham oder Entsetzen ist sie wieder zu einer ultraschnellen konzentrischen Figur mit beinahe sofortiger Rotation geworden. Es ist die Figur eines leicht verrückt gewordenen Satelliten, dessen Umlaufdauer zu einem Augenblick geworden ist, der sich immer schneller dreht, bevor er abstürzt.

Man sagt, durch Beschleunigung könne man Zeit gewinnen, doch das Gegenteil ist der Fall – die Beschleunigung verschlingt unsere zeitlichen Reserven ebenso wie unsere räumlichen Reserven; sie ernährt sich von der Zeit, sie ist chronophag. Und so stehen wir vor einem Zeitmangel oder vor einer Zeitkrise – nicht so sehr in dem Sinne, daß wir immer weniger Zeit zu verlieren hätten, als vielmehr in dem Sinn, daß nicht mehr genügend Zeit vorhanden ist. Die Beschleunigung, unsere Mobilität, unser Informationsfluß und alles andere nähren sich mit Zeitstoff, und es wird bald nicht mehr genügend übrig sein, um die Ernährung sicherzustellen. Wir haben es also sowohl bei der Zeit wie beim Raum mit einer transfiniten Form zu tun. Ich bin mir nicht ganz im klaren, was das in der Mathematik bedeutet, aber ich gebe dem Transfiniten folgenden Sinn: Wir haben die Grenzen des Raums oder der Zeit erreicht, und es ist keine Überschreitung mehr möglich. Es ist also nicht mehr die natürliche Finität, die Endlichkeit der Zeit oder des Raums, die uns einschränkt, die Finität, die den früheren Generationen unerreichbar erschien und ihnen aber zugleich die Perspektive des Unendlichen eröffnete. Es ist vielmehr eine übernatürliche Finität, die daraus entsteht, daß der räumliche und zeitliche Horizont erschöpft ist, daß sämtliche Breitengrade von einem Pol zum anderen gewischt worden sind, daß alle Grenzen erkannt worden sind und man sich somit jenseits der Finität befindet, aber ohne jede Aussicht auf irgendein Unendliches. Diese Transfinität bewirkt, daß wir über alle Zeit verfügen und dadurch plötzlich keine Zeit, weder vor noch hinter uns, mehr haben. Sie geht vollkommen in ihrer aktuellen Operation auf. In der Beschleunigung haben wir unsere zeitlichen und auch räumlichen Reserven verbraucht. In der Beschleunigung wird auch die Zeit zur Masse, gerade wie irgendeine Flüssigkeit vor einem Projektil. Zusammengeballt und verdichtet wird sie schließlich zu einem Hindernis für den Fortschritt und zu einer unüberwindbaren Mauer – genau wie die künstliche Anhäufung von Kommunikation und Information schließlich zu einer Masse

wird, die den Fortschritt des Sozialen selbst hindert und zunichte macht.
Unsere Gegenwart ist nicht mehr der poetische, hedonistische Augenblick, die Freude am Vergänglichen, sie ist die Simultanität von zeitlichen Phasen, die einst aufeinanderfolgten, oder die Verdichtung von zeitlichen Phasen, die sich einst gegenseitig ausschlossen. Sie impliziert nicht mehr Gegenwart oder Zukunft, sondern ihre einzige Dimension ist die der Kommutation oder des Wechsels. In der Kommutation existiert keine objektive Dimension mehr und kann also nicht mehr reflektiert werden. In der Kommutation, in der Innovation ist die Illusion des Fortschritts total, und der beschleunigte Kreislauf der Werte und der Formen erfolgt, wie in der Mode, aufgrund einer abgründigen Indifferenz. Der ungewisse Taumel der Mode spiegelt sich in dieser kollektiven Mobilität und der Faszination wider, die dem Anschein der Bewegung eigen ist: eine filmische, kinematographische Kultur, in der der ästhetische Effekt wie im Kino nur durch ein Anhalten oder durch eine Verlangsamung des Bildes erzielt wird. Die Langsamkeit zählt nicht mehr, einzig die künstliche technologische Immobilität kann den reinen Kreislauf unterbrechen. Wenn das Bild anhält, ist es noch eine Momentaufnahme. Es gibt uns ein augenblickliches Flash-Bild, einen Spezialeffekt von Langsamkeit und damit eine Kontrolle über die Zeit; es läßt uns weder verlangsamen, noch gibt es uns die Zeit zu überlegen,

selbst die Langsamkeit wird verblüffend. Im Grunde ist die Abschreckung im Bereich der Zeit bereits vollkommen gelungen. Es ist eine Offenbarung der Zeit gelungen, gleich der Abschreckung durch die nukleare Bedrohung – eine Transformation der Zeit in so etwas wie eine Salzwüste, deren Oberfläche alle größeren Geschwindigkeiten erlaubt, eine Elektrokution[19] durch Leere. Die Dauer existiert nicht mehr, nicht etwa durch den Übergang in eine Ewigkeit, sondern, wie Virilio sagt, durch den Übergang in die Ewigkeit der Geschwindigkeit.

Alles, was man mit wahnsinniger Geschwindigkeit durchquert, ist eine Wüste. Eine Stadt, die man im Auto durchfährt, eine Landschaft, durch die man auf der Autobahn rast, sie verwandeln sich automatisch in Wüsten. Auch das Feld der menschlichen Beziehungen, das von den ultraschnellen Strömen der Kommunikation durchquert wird, verwandelt sich automatisch in Wüste. Es gibt eine wüstenartige Form des Raums, erzeugt durch die Geschwindigkeit. Es gibt eine wüstenartige Form des Sozialen, erzeugt durch Kommunikation und Information. Es gibt eine wüstenartige Form der Zeit, erzeugt durch den Wechsel und durch die Beschleunigung. Was man erforschen müßte, sind eben diese Wüsten – die Wüsten der Verwüstung, die Wüsten, die aus einer totalen Erforschung entstehen und aus der Kontraktion, die darauf folgt und alle nichtprivilegierten Zonen der endgültigen Verlassenheit preisgibt. Das sind die neuen Wüsten. Sie existieren auch im Bereich des Sozialen, wo sie nicht aus einer natürlichen Misere entstehen, aus einem Sozialisierungsmangel, sondern aus dem Prozeß der totalen Sozialisierung und ihrer Konzentrierung auf privilegierte Zonen, welche ganze Sektoren der Verlassenheit preisgeben – die dann zur vierten Welt werden. Die vierte Welt, das sind nicht die Opfer des weltweiten industriellen und imperialistischen Prozesses, das ist die dritte Welt. Diese war ein Opfer der Universalisierung des politischen und wirtschaftlichen Systems des Westens. Die vierte Welt, das sind die Verlassenen, die durch den informatischen Prozeß aufgeopfert werden, durch die gigantische informatische Rezentration der Gesellschaft und folglich durch eine Entuniversalisierung der Systeme. Die dritte Welt wurde durch die Systeme der Expansion beraubt und unterdrückt. Die vierte Welt hingegen wird einfach dem Nichts ausgeliefert, dem Nichts preisgegeben, durch die Bewegung des Zusammenziehens der Überkonzentration des Austauschs ihrer Inexistenz überlassen. Sie ist vom Weltkreislauf ausgeschlossen und kann zugrunde gehen. Sie ist zur Auslöschung verdammt, sie ist die eigentliche Wüste – produziert durch die Verwüstung der Zeit, des Körpers, des Territoriums.

Es gibt auf menschlicher Ebene kein ideales Prinzip mehr für diese Dinge. Es bleibt nichts mehr übrig als konzentrierte, gesättigte, miniaturisierte Effekte. Dieser Körper, unser Körper, erscheint im Grunde genommen in seiner Ausdehnung, in der Vielfalt und Komplexität seiner Organe, seiner Gewebe, seiner Funktionen überflüssig und nutzlos, weil sich heute alles auf das Gehirn und die genetische Formel konzentriert, die für sich allein die operationale Definition des Menschen umgreifen.

Die Landschaft, die gewaltige geographische Landschaft scheint ein wüstenartiger Körper zu sein, dessen Ausdehnung selbst überflüssig ist und den zu durchqueren man endlich müde wird, seitdem alle Ereignisse sich in den Städten abspielen, die selbst dabei sind, zu kleinen, miniaturisierten Hochburgen zu werden. Und die Zeit – was soll man sagen über diese ungeheure freie Zeit, die einem überlassen bleibt? Viel zu viel Zeit, die uns wie ein unbestimmtes Gelände umgibt, eine von nun an in ihrem Ablauf nutzlose Dimension, seitdem die Momenthaftigkeit, die Instantaneität der Kommunikation unseren Austausch zu einer Folge von Augenblicken miniaturisiert hat. Heimtelematik, Mikroinformatik in der Familie, das erste Objekt im Haus, bei dem man sich fragen kann, bei dem jeder sich fragen muß, wozu es denn nur dienen kann, wenn nicht zum Kommunizieren? In diesem Sinne bedeutet es das wahrhaftige Ende der Konsumgesellschaft. Die Frage der Nützlichkeit des Gebrauchswertes darf nicht einmal mehr gestellt werden; folglich darf auch die Frage nach dem Tauschwert unter dem Gesetz der Äquivalenz nicht mehr gestellt werden. Ebenso darf die

Frage der Freiheit in einem interaktiven Raum nicht mehr gestellt werden.

Im Zwischenraum oder Interface der Kommunikation verschwinden Freiheit, Handeln, Leiden und, ganz allgemein, alle Kategorien des Willens unter der Vorstellung, setzen eine Transzendenz, ein projektives Entfalten in einer Temporalität voraus, die nicht unmittelbar rückläufig ist. Freiheit, das ist für eine Handlung einfach die Möglichkeit, sich in einer ereignishaften, stets zukünftigen und mit der Zeit selbst wetteifernden Form abzuspielen. Es ist unter anderem die Möglichkeit, der Zeit zu trotzen und einen Eingriff in die eigenen Resultate vorzunehmen. Jede Form von unmittelbarer Rückläufigkeit, Feedback, Kontrolle und Selbstkontrolle von immanenter Rückwirkung, wie Information und Kommunikation sie darstellen, tötet die Handlung, vernichtet die Dimension der Handlungsfreiheit. Desgleichen vernichtet die Rückwirkung, die Kreisförmigkeit des Interface, alle Augenblicke der Zeit, die ebenfalls wie die Individuen, wie alle Punkte des Raums, wie alle Abschnitte eines Netzes, aufgefordert sind zu kommunizieren, in Kontakt zu bleiben. Sie vernichtet sogar die Möglichkeit der freien Zeit. Symptomatisch hierfür ist die Problematik der Muße vollständig verschwunden. Und es gibt keinen Grund mehr, der Zeit ein Stück abzunötigen, in der Zeit eine Klammer zu öffnen. Der fröhliche oder gelangweilte Konsum von Freizeit war noch die Wohltat einer durch Zwänge verausgabten Zeit, welche wie das Geld einen Tauschwert hatte und die man also zu sinnlosen Zwecken sparen konnte. Wir glauben nicht mehr an diese Eigentümlichkeit der Zeit, und folglich auch nicht an eine glückliche oder unglückliche Einrichtung der leeren Zeit. Wir kennen im Prinzip nicht einmal mehr eine tote Zeit im Strome der Information. Der reine Kreislauf, die reine Interaktion, sie bedeutet das Ende der toten Zeit und gleichzeitig auch das Ende der Zeit selbst. Aus ist es mit den Ferien – das kommunikative Wesen, das interaktive Wesen, hat keine Ferien mehr! Dies steht in absolutem Widerspruch zu seiner Tätigkeit, denn es kann sich auch geistig nicht mehr aus dem operationellen Netz herauslösen, in dem es tätig ist. Allerhöchstens macht es einen Urlaub im Club Mediterranée oder eine nicht allzu lange Kreuzfahrt zu den Antillen, wobei es sich vom interaktiven Netz aber loslösen und unerbittlich trennen muß, und selbst diese kurze Unterbrechung gleicht eher einer Irrfahrt als einem Urlaub. Auf einem interaktiven Gebiet darf die Frage nach dem Träger der Zeit, nach der Langeweile, nach der erzwungenen Passivität, der Nutzbarkeit oder der Nutzlosigkeit der Zeit nicht einmal mehr gestellt werden. In der Aktivität langweilt man sich nicht mehr. Es gibt keine Stase mehr, es gibt nur noch Metastasen. Die Zeit verrinnt in der Vernetzung, in potentiell unendlichen Verästelungen. Die Zeit ist nicht mehr unser Feind oder Sklave, ein Zwang oder Luxus. Die Zeit ist unser

Partner und steht uns voll und ganz zur Verfügung. In einem Zeitalter der Kommunikation ist es verboten, sich loszulösen im aktiven sozialen, im interaktiven, informatischen Leben, aber auch auf seinem Sterbebett selbst. Es ist verboten, die Schläuche herauszureißen, auch wenn man noch so sehr möchte. Der Skandal liegt nicht so sehr im Attentat auf sein eigenes Leben – darum kümmert man sich kaum –, sondern im Attentat auf das Netzsystem, auf die Verzweigung, auf die Medizin, auf die Überlebenstechniken, die zunächst ihr eigenes Überleben sicherstellen müssen. Das Prinzip des vernetzten Systems selbst und der Kommunikation impliziert die absolute moralische Verpflichtung, angeschlossen zu bleiben.

Nach der Orgie

Auf die Frage, was heute der Stand der Dinge ist, würde ich sagen, die Orgie haben wir hinter uns. Die Orgie ist der explosive Augenblick der Moderne, der Augenblick der Befreiung in allen Bereichen. Politische Befreiung, sexuelle Befreiung, Entfesselung der Produktivkräfte, Entfesselung der destruktiven Kräfte, Befreiung der Frau, des Kindes, der unbewußten Triebkräfte, Befreiung der Kunst. Hochjubeln aller Repräsentations- und Antirepräsentationsmodelle. Es war eine totale Orgie des Realen, des Rationalen, des Sexuellen, des Kritischen und Antikritischen, des Wachstums und der Wachstumskrise. Wir sind alle Wege der Produktion und virtuellen Überproduktion der Objekte, der Zeichen, Botschaften, Ideologien und Vergnügungen gegangen. Heute ist alles befreit, das Spiel ist gespielt, und wir stehen gemeinsam vor der entscheidenden Frage: *Was tun nach der Orgie?*

Heute können wir die Orgie und die Befreiung allenfalls noch simulieren, so tun, als bewegten wir uns weiterhin immer schneller in diese Richtung, während wir in Wirklichkeit leer durchdrehen, da alle Ziele der Befreiung bereits hinter uns liegen und unser Besessensein und unsere Heimsuchung eben aus dieser Vorwegnahme aller Ergebnisse, aus dieser Verfügbarkeit aller Zeichen, Formen und Wünsche herrührt. Was also tun? Das ist der Zustand der Simulation, in dem wir alle Szenarios durchspielen können, weil sie bereits stattgefunden haben – real oder virtuell. Das ist der Zustand der realisierten Utopie, der Zustand aller realisierten Utopien, in dem man paradoxerweise weiterleben muß, als ob sie nicht realisiert wären. Da sie es nun aber sind und wir nicht mehr die Hoffnung hegen können, sie zu realisieren, bleibt uns nur übrig, sie in grenzenloser Simulation zu hyperrealisieren. Wir leben in einer grenzenlosen Vervielfältigung von Idealen, Fantasmen, Bildern und Träumen, die hinter uns liegen und die wir dennoch in einer gewissen schicksalhaften Gleichgültigkeit weiterproduzieren müssen.

Zwar hat die Revolution sehr wohl überall stattgefunden, freilich nicht so, wie man es erwartet hat. Befreit wurde überall nur, um in die reine Zirkulation einzugehen, um sich auf die Umlaufbahn zu begeben. Mit ein wenig Abstand läßt sich sagen, daß jede Befreiung unweigerlich darauf hinausläuft, die Netze zu speisen und zu übersättigen. Die befreiten Dinge sind der ununterbrochenen Kommutation und folglich der wachsenden Unbestimmt-

heit und dem Unschärfeprinzip ausgeliefert. Nun verschwindet nichts mehr (nicht einmal Gott) durch Ende oder Tod, sondern durch Wucherung, Ansteckung, Sättigung oder Transparenz, Erschöpfung oder Ausrottung, durch Simulationsepidemien, durch Übertragung in die sekundäre Existenz der Simulation. Kein fatales Verschwinden mehr, sondern fraktale Zersplitterung.
Nichts spiegelt sich noch wirklich wider, weder im Spiegel noch in der Tiefe (worin immer nur die unendliche Spaltung des Bewußtseins liegt). Die Logik der viralen Ausbreitung der Netze ist nicht mehr die des Werts noch die der Äquivalenz. Es gibt keine Revolution mehr, nur Zirkumvolution, Involution des Werts. Zugleich zentripetaler Schub und Exzentrizität aller Systeme, innere Metastase, fieberhafte Selbstvirulenz, die die Systeme jenseits ihrer eigenen Grenzen sprengt und sie ihre eigene Logik durchbrechen läßt, nicht in reiner Tautologie, sondern mit steigernder Potenz, in phantastischer Potentialisierung, womit sie ihren eigenen Untergang aufs Spiel setzen.
All diese Peripetien führen uns wieder zum Schicksal des Werts. Ich habe seinerzeit, provisorisch, eine Dreiteilung des Werts vorgeschlagen. Ein natürliches Stadium des Gebrauchswerts, ein Handelsstadium des Tauschwerts, ein strukturales Stadium des Zeichenwerts. Naturgesetz, Handelsgesetz, strukturales Wertgesetz. Diese Unterscheidungen sind freilich formal, ungefähr wie bei den

Physikern, die jeden Monat ein neues Teilchen erfinden. Das eine verdrängt nicht das andere, sie gehen auseinander hervor und gesellen sich auf einer hypothetischen Bahn. Hiermit also will ich ein neues Teilchen in die Mikrophysik der Simulakra einführen. Nach dem Naturstadium, dem Handelsstadium, dem strukturalen Stadium sind wir somit zum fraktalen Stadium des Werts gelangt. Dem ersten entsprach ein natürlicher Bezugspunkt, und der Wert entwickelte sich unter Bezugnahme auf einen natürlichen Gebrauch. Dem zweiten entsprach ein allgemeines Äquivalent, und der Wert entwickelte sich nach der Logik des Warenwerts. Dem dritten entsprach ein Code, und der Wert entfaltete sich hier unter Bezugnahme auf ein Ensemble von Modellen. Im vierten Stadium, dem fraktalen oder vielmehr viralen oder noch besser nuklearen Stadium des Werts gibt es überhaupt keinen Bezugspunkt mehr, der Wert strahlt in alle Richtungen, in alle Lücken, ohne irgendeine Bezugnahme auf irgend etwas, aus reiner Kontiguität. In diesem fraktalen Stadium gibt es keine natürliche oder allgemeine Äquivalenz mehr, gibt es eigentlich kein Wertgesetz mehr, vielmehr eine Art *Epidemie des Werts,* eine allgemeine Metastase des Werts, Wucherung und zufällige Ausbreitung. Im strengen Sinn kann man nicht mehr von Wert sprechen, da diese Art Demultiplikation und Kettenreaktion jede Wertbestimmung unmöglich macht. Das ist wiederum wie in der Mikrophysik: es ist genauso unmöglich, in Begriffen des Schönen und Häßlichen, Wahren und Falschen, Guten und Bösen zu rechnen, wie es unmöglich ist, gleichzeitig die Geschwindigkeit und Position eines Teilchens zu bestimmen. Das Gute liegt nicht mehr auf der vertikalen Skala des Bösen, nichts läßt sich mehr nach Abszissen und Koordinaten einordnen. Jedes Teilchen folgt seiner eigenen Bewegung, jeder Wert oder Bruchteil eines Werts erstrahlt einen Moment lang am Himmel der Simulation, dann verschwindet er im Leeren, einer durchbrochenen Linie folgend, die sich mit einer anderen nur im Ausnahmefall trifft. Genau das ist das Schema des Fraktalen und das gegenwärtige Schema unserer Kultur.

Wenn die Dinge, die Zeichen, die Handlungen von ihrer Idee, ihrem Begriff, ihrem Wesen, ihrem Wert, ihrer Referenz, ihrem Ursprung und ihrer Bestimmung befreit sind, treten sie in endlose Selbstreproduktion. Die Dinge funktionieren weiter, während die Idee von ihnen längst verlorengegangen ist. Sie funktionieren weiter in totaler Gleichgültigkeit gegenüber ihrem eigenen Gehalt. Und das Paradoxe ist, daß sie umso besser funktionieren.
So ist die Idee des Fortschritts verlorengegangen, aber der Fortschritt geht weiter. Die Idee des Reichtums, die der Produktion zugrunde liegt, ist verschwunden, aber die Produktion setzt sich aufs Schönste fort. Sie beschleunigt sich in dem Maße, wie sie gegenüber ihren ursprünglichen Zwecken gleichgültig wird. Auch die Idee des Politischen

ist verlorengegangen, aber das politische Spiel geht in geheimer Gleichgültigkeit weiter, ohne daß ein eigener Einsatz nötig wäre. Das Fernsehen läuft in totaler Indifferenz gegenüber seinen eigenen Bildern (so könnte es sogar weitermachen, wenn der Mensch verschwunden ist). Gibt es nicht in jedem System, in jedem Individuum einen geheimen Trieb, sich von der eigenen Idee, dem eigenen Wesen freizumachen, um in alle Richtungen wuchern und sich in alle Richtungen fortsetzen zu können? Die Folgen dieser Dissoziation können nur fatal sein. Alle Dinge, die der Idee von sich verlustig gehen, sind wie der Mann, der seinen Schatten verloren hat – sie verfallen in ein Delirium und verlieren sich darin.

Hier beginnt die Ordnung oder metastasenhafte Unordnung der Demultiplikation durch Kontiguität, der krebshaften Wucherung (die nicht mehr dem genetischen Code des Werts gehorcht). So geht in allen Bereichen das große Abenteuer der Sexualität, der geschlechtsspezifischen Wesen zu Ende – zugunsten eines früheren (?) Stadiums unsterblicher und ungeschlechtlicher Wesen, die sich wie Einzeller durch einfache Teilung des Selben und durch Deklination des Codes fortpflanzen. Die heutigen technologischen Wesen, Maschinen, Klone, Prothesen bewegen sich auf diesen Reproduktionstyp zu und führen allmählich den gleichen Vorgang bei menschlichen und geschlechtsspezifischen Wesen ein. Den großen Forschungsinstituten, zumal der Biologie, geht es vor allem um Gensubstitution, Reproduktion in linearer Folge, Klonung, Parthenogenese – kleine Junggesellenmaschinen.

Zu Zeiten der sexuellen Befreiung hieß das Schlüsselwort: ein Maximum an Sexualität bei einem Minimum an Fortpflanzung. Heute wird eher umgekehrt von der Clon-Gesellschaft geträumt: ein Maximum an Fortpflanzung bei so wenig Sex wie möglich. Einst war der Körper die Metapher für die Seele, dann für den Sex, heute ist er Metapher für gar nichts mehr, ist er Ort der Metastase, der maschinellen Verkettung all seiner Vorgänge, einer unendlichen Programmierung ohne Symbolbildung, ohne transzendentes Ziel, in reiner Promiskuität mit sich selbst, die zugleich die der Netze und integrierten Schaltkreise ist.

Die Möglichkeit der Metapher verschwindet aus allen Bereichen. Darin liegt einer der Aspekte der allgemeinen Transsexualität, die sich weit über den Sex hinaus erstreckt - in alle Disziplinen hinein, die ihren spezifischen Charakter verlieren und in einen Vorgang der Konfusion und Ansteckung und der viralen Ununterscheidbarkeit eintreten, der das allererste Ereignis unserer neuen Ereignisse ist. Die transökonomisch gewordene Ökonomie, die transästhetisch gewordene Ästhetik, der transsexuell gewordene Sex gipfeln in einem transversalen und universellen Prozeß, in dem kein Diskurs mehr die Metapher für einen anderen abgibt, da es zu einer Metapher differentieller Bereiche und unterschiedlicher Objekte bedarf. Die Ansteckung aller Disziplinen setzt dieser Möglichkeit ein Ende. Totale, per definitionem (oder per indefinitionem) virale Metonymie. Das Virusthema *ist* keine biologische Metapher, da alles gleichzeitig und gleichermaßen von der Ansteckungsgefahr, der Kettenreaktion, der zufälligen und sinnentleerten Ausbreitung und Metastase befallen wird. Und unsere Melancholie rührt daher, daß die Metapher noch schön und ästhetisch war und mit der Differenz und der Illusion der Differenz gespielt hat. Die Metonymie (die Ersetzung des Ganzen und einfacher Teile, die allgemeine Kommutation der Begriffe) spekuliert heute mit der Erlahmung der Metapher.

Gegenseitige Ansteckung aller Kategorien, Ersetzung einer Sphäre durch die andere, Vermengung der Gattungen. Sex kommt nicht mehr im Sex vor, sondern überall sonst. Das Politische nicht mehr im Politischen, es infiziert alle Bereiche: Wirtschaft, Wissenschaft, Kunst, Sport … Sport liegt nicht mehr im Sport – sondern in Geschäften, im Sex, in der Politik, im allgemeinen Leistungsstil. Alles ist affiziert vom sportlichen Leistungs-, Anstrengungs-, Rekord- und kindischen Selbstüberschreitungskoeffizienten. Jede Kategorie durchläuft auf diese Weise diverse Übergangsphasen, in denen sich ihr Wesen zunächst in homöopathische, mit der Lösung des Ganzen dann in unendlich kleine Dosierungen auflöst, bis sie schließlich ganz verschwindet und nur eine nicht wiederauffindbare Spur wie im Gedächtnis des Wassers hinterläßt.

So entspricht Aids weniger einem Sex- und Genußexzeß als einer sexuellen Dekompensation dank einer allgemeinen Durchdringung aller Lebensbereiche, einer Ventilierung des Sex in alle trivialen Varianten der sexuellen Verzauberung. Die Immunität verliert sich im Gesamtsexuellen, in ihm verliert sich der Geschlechtsunterschied und folglich die Sexualität selbst. In dieser Brechung des sexuellen Realitätsprinzips, auf der fraktalen, mikrologischen und unmenschlichen Ebene etabliert sich die elementare Konfusion der Epidemie.

Wir bewahren vielleicht noch eine Erinnerung an den Sex, wie das Wasser eine an die winzigen aufgelösten Moleküle bewahrt, aber es ist nur eine Molekularerinnerung, die Korpuskelerinnerung an ein früheres Leben, nicht die Erinnerung an die Formen oder Besonderheiten (von Gesichtszügen, Augenfarben – kann Wasser Formen konservieren?). So tragen wir den Stempel einer gesichtslosen Sexualität, fast vollständig aufgelöst im Brei der politischen, medialen und kommunikativen Kultur und schließlich im Ausbruch des Aids-Virus.

Das uns auferlegte Gesetz ist das der Vermengung aller Gattungen. Alles ist sexuell. Alles ist politisch. Alles ist ästhetisch. Und zwar zur gleichen Zeit. Alles hat, besonders seit '68, einen politischen Sinn bekommen: das Alltagsleben, aber auch der Wahnsinn, die Sprache, die Medien, aber auch das Begehren wurden in dem Maße politisch, als sie in die Sphäre der Befreiung und der kollektiven Massenprozesse eingetreten sind. Gleichzeitig ist alles sexuell und Objekt der Begierde: Macht, Wissen, alles läßt sich als Phantasma und Verdrängung interpretieren; stereotyp ist das Sexuelle überallhin vorgedrungen. Gleichzeitig wird alles ästhetisiert: das Politische ästhetisiert sich im Spektakel, der Sex in Werbung und Porno, das Gesamt der Aktivitäten in dem, was man gemeinhin Kultur nennt: eine Art Semiologisierung durch Medien und Werbung befällt alles – Xeroxifizierung der Kultur. Jede Kategorie wird zu ihrem höchsten Verallgemeinerungsgrad gebracht und verliert so mit einem Mal jede Besonderheit und geht in allem anderen auf. Wenn alles politisch ist, ist nichts mehr politisch, und das Wort verliert seinen Sinn. Wenn alles sexuell ist, ist nichts mehr sexuell, und der Sex verliert jede Bestimmung. Wenn alles ästhetisch ist, ist nichts mehr schön oder häßlich, die Kunst selbst verschwindet. Diesen paradoxen Stand der Dinge, der gleichzeitig die totale Erfüllung einer Idee, die Vollendung der modernen Bewegung ist und ihre Verwertung, ihre Beseitigung in der Übertreibung und in der Ausweitung über die eigenen Grenzen hinaus ist, kann man in einer Formel zusammenfassen: transpolitisch, transsexuell, transästhetisch.

Es gibt keine Avantgarde mehr, weder eine politische noch eine sexuelle oder künstlerische, die über die Fähigkeit der Vorwegnahme verfügte und somit über die Möglichkeit einer radikalen Kritik im Namen des Begehrens, im Namen der Revolution, im Namen der Befreiung der Formen. Die revolutionäre Bewegung ist überholt [revolu]. Die glorreiche Bewegung der Moderne hat nicht eine Umwandlung aller Werte, wie wir sie uns erträumt haben, gebracht, sondern nur Zerstreuung und Involution des Werts, mit dem Ergebnis totaler Konfusion und der Unmöglichkeit, das Prinzip sowohl der ästhetischen wie sexuellen oder politischen Bestimmung der Dinge wieder in den Griff zu bekommen.
Das Proletariat konnte sich als solches nicht negieren, das hat sich nach eineinhalb Jahrhunderten Geschichte seit Marx erwiesen. Es konnte sich als Klasse nicht selbst aufheben und damit auch nicht die Klassengesellschaft abschaffen. Vielleicht, weil es gar keine Klasse war. Eine wirkliche Klasse, ist öfter zu hören, ist die Bourgeoisie gewesen – insofern konnte auch nur sie allein sich als solche negieren. Das hat sie in der Tat getan, und das Kapital mit ihr. Daraus ging eine klassenlose Gesellschaft hervor, die mit einer aus einer Revolution und einer Selbstaufhebung des Proletariats entstandenen nichts gemein hat. Das Proletariat als solches ist einfach verschwunden. Es hat sich zusammen mit den Klassenkämpfen aufgelöst. Zweifellos wäre das Kapital, wenn es sich nach seiner

eigenen widersprüchlichen Logik entwickelt hätte, vom Proletariat vernichtet worden. Die Analyse von Marx bleibt idealiter unanfechtbar. Er hat nur die Möglichkeit nicht vorhergesehen, daß sich das Kapital angesichts dieser hereinbrechenden Bedrohung in gewisser Weise transpolitisieren könnte und sich auf eine Umlaufbahn jenseits der Produktion und der politischen Widersprüche begeben könnte, sich in einer flottierenden, überschwenglichen und beliebigen Form verselbständigen könnte und die Welt so unter seinem Bild totalisieren könnte. Das Kapital (kann man es noch so nennen?) führt die politische Ökonomie und das Wertgesetz in eine Sackgasse: in diesem Sinne gelingt es ihm, seinem eigenen Ende zu entgehen. Es zirkuliert ab da jenseits seiner eigenen Bestimmungen und gänzlich ohne Ankerpunkt. Das Eingangsereignis dieser Mutation war zweifellos die Krise von 1929; der Krach von 1987 war nur eine spätere Episode desselben Vorgangs.

In der revolutionären Theorie war auch die Utopie lebendig, daß der Staat absterben würde, daß das Politische als solches sich in der Apotheose und Transparenz des Sozialen negieren würde. Daraus ist nichts geworden. Das Politische ist zwar verschwunden, aber es hat sich nicht ins Soziale transzendiert, es hat das Soziale mit in sein Verschwinden hineingezogen. Wir befinden uns im Transpolitischen, am Nullpunkt des Politischen, was auch heißt: seiner Reproduktion und unendlichen Simulation.

Denn alles, was nicht über sich selbst hinausgewachsen ist, hat auf ein endloses Revival Anrecht. Das Politische wird nie mehr aufhören zu verschwinden, es wird aber auch nichts anderes an seine Stelle treten lassen. Wir befinden uns in der Hysterese[20] des Politischen.
Auch der Kunst ist es nicht gelungen, sich entsprechend der ästhetischen Utopie der Moderne als Idealform des Lebens zu transzendieren (früher mußte sie sich nicht zu einer Totalität aufschwingen, da es sie schon gab, sie war religiös). Die Kunst hat sich nicht in einer transzendenten Idealität, sondern in einer allgemeinen Ästhetisierung des Alltagslebens abgeschafft, sie ist zugunsten einer reinen Zirkulation der Bilder in einer Transästhetik der Banalität verschwunden. In diesem Punkt ist die Kunst dem Kapital sogar voraus. Wenn das entscheidende politische Ereignis die strategische Krise von 1929 war, in der sich das Kapital für die transpolitische Ära der Massen öffnete, war die entscheidende Episode in der Kunst sicherlich Dada und Duchamp, in der sich die Kunst unter Verzicht auf die eigene Regel des ästhetischen Spiels für die transästhetische Ära der Banalität der Bilder öffnete.
Auch die sexuelle Utopie wurde nicht eingelöst. Sie hätte für den Sex bedeutet, sich als selbständige Aktivität zu negieren und sich im gesamten Leben zu erfüllen – davon träumte noch die sexuelle Befreiung: totales Begehren und seine Erfüllung in jedem von uns, ob Mann oder Frau, geträumte Sexualität, Verklärung des Begehrens, unabhän-

gig vom Geschlechtsunterschied. Über die sexuelle Befreiung ist es der Sexualität allerdings nur gelungen, sich im beliebigen Austausch der Geschlechtsmerkmale zu verselbständigen. Die Tatsache, daß wir uns auf eine transsexuelle Situation zubewegen, bedeutet nicht, daß das Leben durch den Sex revolutioniert worden wäre, sondern zeugt nur von einer Konfusion und Promiskuität, die auf eine virtuelle Gleichgültigkeit des Sex hinauslaufen.

Ergibt sich der Erfolg von Kommunikation und Information nicht gleichermaßen aus der Unmöglichkeit des sozialen Bezugs, sich als entfremdeter aufzuheben? Weil ihm das nicht gelingt, verdoppelt er sich in der Kommunikation, wird vielfältiger in der Vielfalt der Netze und verfällt ihrer Gleichgültigkeit. Kommunikation ist das Sozialere des Sozialen, das Hyperrelationale, die durch Sozialtechnologien überstrapazierte Sozialität. Das macht jedoch nicht das Wesen des Sozialen aus. Es war Traum, Mythos, Utopie, Konflikt- und Widerspruchsform, eine gewaltsame Form, in jedem Fall ein vorübergehendes und außergewöhnliches Ereignis. Die Kommunikation führt die soziale Form durch Banalisierung der Schnittstelle (Interface) zur Gleichgültigkeit (Indifferenz). Daher gibt es in der Kommunikation keine Utopie. Die Utopie einer Kommunikationsgesellschaft hat keinen Sinn, da sich die Kommunikation gerade aus der Unfähigkeit einer Gesellschaft ergibt, über sich hinauszugehen und anderen Zielen zuzustreben. Dasselbe gilt für die

Information: Der Wissensexzeß verteilt sich an der Oberfläche gleichgültig in alle Richtungen, er breitet sich aus. An der Schnittstelle sind die Sprecher wie ein Mikrofiche oder eine Steckdose miteinander verbunden. »Es« kommuniziert, wie man so schön sagt, dank eines einzigartigen und augenblicklichen Stromkreises. Gute Kommunikation muß schnell gehen: für das Schweigen ist keine Zeit. Das Schweigen ist aus den Monitoren verbannt, verbannt aus der Kommunikation. Die Medienbilder (und die medialen Texte sind wie Bilder) schweigen nie: Bilder und Botschaften müssen ohne Unterbrechung aufeinanderfolgen. Schweigen aber wäre eine solche Synkope im Kreislauf, eine kleine Katastrophe, ein Lapsus, der im Fernsehen beispielsweise, etwas höchst Interpretationsbedürftiges wäre – ein mit Angst und Jubel aufgeladener Bruch, der klarstellt, daß diese ganze Kommunikation eine schrecklich überzogene Veranstaltung ist, die haltlose Fiktion des Bildschirms, die die Leere der Mattscheibe wettmacht, auch die unserer mentalen Mattscheibe, auf deren Bilder wir nicht weniger gespannt lauern. Das Bild eines nachdenklichen Mannes, der an einem Streiktag vor einem leeren Fernsehmonitor sitzt, wird eines Tages als das schönste Bild der Anthropologie des 20. Jahrhunderts gelten.

Pataphysik des Jahres 2000

»Eine peinigende Vorstellung«, schreibt Elias Canetti, »daß von einem bestimmten Zeitpunkte ab die Geschichte nicht mehr *wirklich* war. Ohne es zu merken, hätte die Menschheit insgesamt die Wirklichkeit plötzlich verlassen; alles, was seither geschehen sei, wäre gar nicht wahr; wir könnten es aber nicht merken. Unsere Aufgabe sei es nun, diesen Punkt zu finden, und so lange wir ihn nicht hätten, müßten wir in der jetzigen Zerstörung verharren.« Was es mit diesem Verschwinden der Geschichte auf sich haben könnte, darüber gibt es verschiedene, einleuchtende Vermutungen. Canettis Formulierung, »die Menschheit insgesamt hätte die Wirklichkeit plötzlich verlassen«, evoziert den Gedanken, welche Abhubgeschwindigkeit ein Körper benötigt, um die Anziehungskraft eines Sternes oder eines Planeten zu überwinden. Anhand dieses Bildes kann man sich vorstellen, daß die Beschleunigung der Moderne, der Technik, von

Ereignissen und Medien, sowie die Beschleunigung aller ökonomischen, politischen und sexuellen Tauschhandlungen uns in eine derartige Befreiungsgeschwindigkeit versetzt haben, daß wir aus dem Bezugsraum des Realen und der Geschichte herausgeflogen sind. Wir sind »freigesetzt« in jedem Sinne des Wortes, in einem Maße befreit, daß wir einen bestimmten Zeitraum und einen bestimmten Horizont verlassen haben, innerhalb dessen das Reale noch möglich war, weil die Schwerkraft noch so stark ist, daß die Dinge sich reflektieren und somit eine bestimmte Dauer und bestimmte Folgen haben können.
Eine gewisse Langsamkeit (jedenfalls eine nicht sehr hohe Geschwindigkeit), eine gewisse, aber nicht allzu große Distanz und eine gewisse, aber nicht allzu große Freisetzung (die Energie für einen Bruch und eine Veränderung) sind notwendig, damit jene Art von Verdichtung oder Verfestigung entstehen kann, die für Ereignisse bezeichnend ist, die man Geschichte nennt, kurz: jene Art von kohärenter Entfaltung von Ursachen und Wirkung, die man das Reale nennt.
Jenseits des Wirkungsbereichs dieser Schwerkraft, die die Körper auf ihrer Umlaufbahn hält, verschwinden alle Sinnatome im Weltraum. Jedes Atom folgt seiner Bahn bis ins Unendliche und verschwindet im Weltall. Genau das erleben wir in unseren gegenwärtigen Gesellschaften, die danach streben, alle Körper, Nachrichten und Prozesse in alle möglichen Richtungen zu beschleunigen, und die

mit Hilfe der modernen Medien jedes Ereignis, jede Nachricht und jedes Bild durch eine bis ins Unendliche führende Bahn simulieren. Jede politische, geschichtliche oder kulturelle Tatsache wird mit einer kinetischen Energie versehen, die sie aus ihrem eigenen Raum herausreißt und in einen Hyperraum hinausschleudert, wo sie allen Sinn verliert, da sie niemals wiederkehren wird. Dazu braucht man keine Sciencefiction: mit unserer Informatik, mit unseren Schaltkreisen und Netzen verfügen wir von jetzt an, hier und jetzt, über einen Teilchenbeschleuniger, der endgültig die Umlaufbahn zerstört hat, auf der die Dinge einen bestimmten Bezug zueinander hatten.

Was die Geschichte betrifft, so ist ein Nacherzählen unmöglich geworden, da es sich per definitionem *(re-citatum)* um das mögliche Zurückverfolgen eines Sinns handelt. Jedes einzelne Ereignis wird durch einen totalen Verbreitungs- und Zirkulationsschub freigesetzt – jede Tatsache wird zum Atom, wird nuklear, und folgt ihrer Bahn ins Leere. Damit sie bis ins Unendliche verbreitet werden kann, muß sie wie ein Partikel in Einzelteile zerlegt werden. So kann sie eine Geschwindigkeit der Nichtwiederkehr erreichen, die sie endgültig aus der Geschichte entfernt. Jeder kulturelle Zusammenhang, jedes Ereignis muß in seine Einzelteile zerlegt und zergliedert werden, damit es in die Schaltkreise integriert werden kann. Jede Sprache muß in binäre Einheiten zerlegt werden, damit

sie nicht mehr in unserem Gedächtnis, sondern im blitzschnellen elektronischen Arbeitsspeicher von Computern zirkulieren kann. Keine menschliche Sprache kann sich der Lichtgeschwindigkeit widersetzen. Kein Ereignis kann sich der weltweiten Verbreitung widersetzen. Keine Bedeutung entgeht ihrer Beschleunigung. Keine Geschichte widersteht der Zentrifugierung der Tatsachen oder ihrer Kurzschließung in Echtzeit (auf der gleichen gedanklichen Ebene: keine Sexualität widersteht ihrer Befreiung, keine Kultur widersteht ihrem Ausverkauf, keine Wahrheit widersteht ihrer Verifizierung, etc.).
Auch Theorie ist nicht mehr in der Lage, etwas zu »reflektieren«. Sie kann die Begriffe nur noch aus ihrem kritischen Bezugsfeld herausreißen und dafür sorgen, daß sie einen Punkt der Nichtwiederkehr überschreiten. Auch sie geht in den Hyperraum der Simulation ein. Und dadurch verliert auch sie jede »objektive« Geltung und wird dem aktuellen System immer ähnlicher.

Die zweite Hypothese zum Verschwinden der Geschichte ist die Umkehrung der ersten, sie bezieht sich nicht mehr auf die Beschleunigung, sondern auf die Verlangsamung der Vorgänge. Auch sie kommt direkt aus der Physik.
Die Materie verzögert den Ablauf der Zeit. Genauer gesagt, die Zeit scheint an der Oberfläche eines sehr dichten Körpers langsamer abzulaufen. Die Geschwindigkeit sinkt bei steigender Dichte. Die Folge dieser Verlang-

samung besteht darin, daß die von diesem Körper ausgesandte Lichtwelle derartig verlängert wird, daß sie vom Beobachter wahrgenommen werden kann. Wird ein bestimmter Grenzwert überschritten, bleibt die Zeit stehen, und die Wellenlänge wird unendlich. Die Welle existiert nicht mehr. Das Licht erlischt.

Die Analogie zur Verlangsamung der Geschichte wird deutlich, wenn es um den Astralleib von »schweigenden Mehrheiten« geht. Unsere Gesellschaften werden von diese Vermassung bestimmt, und zwar nicht nur im soziologischen oder demographischen Sinn, sondern auch im Sinne von »kritischer Masse«, mit der etwas unumkehrbar wird. Das wichtigste Ereignis in unseren modernen Gesellschaften gerade während ihrer Mobilisierung und ihres revolutionären Prozesses (gegenüber den vergangenen Gesellschaften sind sie alle revolutionär) ist das Auftreten einer entsprechenden Trägheitskraft, einer gewaltigen Gleichgültigkeit und des schweigenden Potentials dieser Gleichgültigkeit. Diese träge Masse des Sozialen ist nicht das Ergebnis von fehlenden Tauschhandlungen, des Mangels an Information oder Kommunikation, sondern sie resultiert ganz im Gegenteil aus der Vervielfachung und Häufung von Tauschhandlungen. Sie kommt durch die übergroße Dichte von Städten, Waren, Botschaften und Kreisläufen zustande. Diese träge Masse ist der kalte Stern des Sozialen; und rund um diese Masse erkaltet die Geschichte. Völlig gleichgültig folgen die

Ereignisse aufeinander und löschen sich gegenseitig aus. Neutralisiert und immunisiert durch die Information, neutralisieren die Massen ihrerseits die Geschichte und saugen alles auf. Sie selber haben keine Geschichte, keinen Sinn, kein Bewußtsein und keine Begierde. Sie sind der potentielle Bodensatz jeder Geschichte, jedes Sinns und jeder Begierde. All diese schönen Dinge haben bei ihrer Verbreitung in unserer modernen Welt ein geheimnisvolles Gegenstück hervorgebracht, dessen Verleugnung heute alle politischen und gesellschaftlichen Strategien unterhöhlt.

Dieses Mal ergibt sich das Gegenteil: Geschichte, Sinn und Fortschritt erreichen nicht mehr ihre Befreiungsgeschwindigkeit. Es gelingt ihnen nicht mehr, sich von diesem viel zu dichten Körper zu lösen, der ihre Bahn und die Zeit derartig verlangsamt, daß uns von jetzt an die Wahrnehmung und Vorstellung von Zukunft entgleitet. Jede gesellschaftliche, geschichtliche und zeitliche Transzendenz wird von dieser Masse in ihrer schweigenden Immanenz absorbiert. Die politischen Ereignisse haben schon keine Eigenenergie mehr, die ausreichend wäre, um uns in Bewegung zu versetzen; sie laufen wie ein Stummfilm ab, für den wir kollektiv nicht verantwortlich sind. Hier endet die Geschichte, und zwar nicht, weil es an Akteuren, an Gewalt (die Gewalt nimmt immer mehr zu) oder an Ereignissen (dank der Medien und der Informationstechnik gibt es immer mehr Ereignisse!) fehlt,

sondern wegen der Verlangsamung, Gleichgültigkeit und Abstumpfung. Die Geschichte schafft es nicht mehr, über sich hinauszugehen, ihre eigene Endlichkeit ins Auge zu fassen und von ihrem eigenen Ende zu träumen, sie wird in ihrer unmittelbaren Wirkung begraben, sie erschöpft sich in »special effects« und implodiert in Aktualität.
Im Grunde kann man nicht einmal vom Ende der Geschichte sprechen, denn sie wird nicht einmal die Zeit haben, ihr eigenes Ende einzuholen. Ihre Wirkungen beschleunigen sich, aber ihr Sinn verlangsamt sich unerbittlich. Sie wird damit enden, daß sie anhält und erlischt, so wie das Licht und die Zeit im Umfeld einer unendlich dichten Masse...

Auch die Menschheit hat ihren Urknall gehabt: eine bestimmte kritische Dichte, eine bestimmte Konzentration von Menschen und Tauschhandlungen löst jene Explosion aus, die wir als Geschichte bezeichnen, die aber nur eine Verstreuung der dichten und hieratischen Kerne früherer Zivilisationen ist. Heute gibt es den umgekehrten Effekt: die Überschreitung der Schwelle der kritischen Masse in Form von Populationen, Ereignissen und Information löst den umgekehrten Prozeß der Trägheit von Geschichte und Politik aus. Auf kosmischer Ebene wissen wir nicht, ob wir eine solche Befreiungsgeschwindigkeit erreicht haben, daß wir uns in einer definitiven Expansion befinden (und das wird bestimmt für alle Ewigkeit ungewiß bleiben). Auf menschlicher Ebene, deren Perspektiven viel begrenzter sind, kann es geschehen, daß gerade die Befreiungsenergie der Gattung (Bevölkerungswachstum, Beschleunigung von Technik und Tauschhandlungen im Laufe der Jahrhunderte) einen Zuwachs an Masse und Widerstand schafft, der größer als die auslösende Energie ist und uns somit unerbittlich in eine Verdichtungs- und Trägheitsbewegung versetzt.

Ob sich das Weltall in einer unendlichen Expansion befindet oder ob es auf einen unendlich dichten und unendlich kleinen Kern zusammenschrumpft, hängt von seiner kritischen Masse ab (über die selber unendlich viel spekuliert werden kann, je nach dem, wie viele neue Teilchen erfunden werden). Analog dazu kann man sagen, ob unsere menschliche Geschichte nun evolutiv oder involutiv ist, hängt vielleicht von der kritischen Masse der Menschheit ab. Hat die Geschichte, die Bewegung der Gattung eine Befreiungsgeschwindigkeit erreicht, die nötig ist, um die Trägheit der Masse zu überwinden? Sind wir, wie die Galaxien, von einer endgültigen Bewegung erfaßt worden, die uns mit einer ungeheuren Geschwindigkeit voneinander entfernt? Oder wird diese Verstreuung ins Unendliche ein Ende nehmen und werden sich die Menschen-Moleküle entsprechend einer umgekehrten Gravitationsbewegung einander annähern? Kann die Menschenmasse, die tagtäglich größer wird, eine Schwingung dieser Art auslösen?

Eine dritte Hypothese, eine dritte Analogie. Es geht weiterhin um den Punkt des Verschwindens, den Punkt der Verflüchtigung, den *vanishing point,* dieses Mal allerdings aus der Sicht der Musik. Es geht um das, was ich als Stereoeffekt bezeichne. Wir sind besessen von *high fidelity* und der Qualität der Musik-»Wiedergabe«. Am Pult unserer Stereoanlage, ausgerüstet mit unseren Tunern, Verstärkern und Boxen, mischen, steuern und verfeinern wir die Tonquellen, sind wir auf der Suche nach vollkommener Musik. Ist das überhaupt noch Musik? Wo liegt die Schwelle der *high fidelity,* jenseits derer die Musik als solche verschwindet? Sie verschwindet nicht, weil es keine Musik gäbe, sondern weil sie diesen Grenzpunkt überschritten hat. Sie verschwindet in der Perfektionierung ihrer Materialität, in ihrem eigenen Spezialeffekt. Jenseits dieses Punktes gibt es keine Urteilskraft und kein ästhetisches Vergnügen mehr, sondern nur noch den reinen Klangrausch – und das ist das Ende der Musik.

Genauso verhält es sich mit dem Verschwinden der Geschichte: auch hier haben wir die Grenze überschritten, an der die Geschichte als solche durch die minutiöse technische Aufbereitung von Ereignissen und Informationen aufhört zu existieren. Häufige Direktübertragungen, Spezialeffekte, Nebeneffekte, *fading* – und der berühmte Rückkopplungseffekt, der in der Akustik durch eine zu große Nähe von Tonquelle und Aufnahmegerät zustande kommt und in der Geschichte durch eine zu große Nähe und somit durch die verheerende Überlagerung eines Ereignisses und seiner Ausstrahlung – ein Kurzschluß zwischen Ursache und Wirkung, so wie zwischen dem Objekt und dem experimentierenden Subjekt in der Mikrophysik (und in den Geisteswissenschaften!). All das hat eine radikale Ungewißheit zur Folge, was das Ereignis betrifft, so wie übergroße Klanggenauigkeit eine radikale Ungewißheit zur Folge hat, was die Musik betrifft. Canetti drückt das sehr gut aus: jenseits dessen ist nichts mehr wahr. Deshalb entschwindet uns heute auch die zarte Musik der Geschichte, sie verschwindet in der mikroskopischen oder stereophonischen Zerlegung der Information.

Denn gerade durch Überfülle an Informationen kann Geschichte verschwinden. Gerade durch Hi-Fi kann Musik verschwinden. Gerade durch Experimentieren kann Wissenschaft ihren Gegenstand verlieren. Gerade wegen Pornographie kann Sexualität verschwinden. Überall findet sich der Stereoeffekt, der Effekt der absoluten Nähe des Realen: der gleiche Simulationseffekt.

Dieser *vanishing point*, dieser Punkt, vor dem es Geschichte und Musik *gegeben hat*, kann definitionsgemäß nicht ausgemacht werden. Wo soll die Perfektionierung der Stereoanlagen aufhören? Die Grenzen werden ständig weiter verschoben, denn sie sind Grenzen der Technikbesessenheit. Wo soll die Information aufhören? Gegen diese Faszination durch die »Echtzeit«, dem Gegenstück zur *high fidelity,* kann man sich nur moralisch wehren, und das hat nicht viel Sinn.

Die Überschreitung dieses Punktes kann somit nicht mehr rückgängig gemacht werden, auch wenn Canetti das zu hoffen scheint. Wir werden die vor-Stereo-Musik nicht mehr wiederfinden (es sei denn durch einen weiteren technischen Simulationseffekt), wir werden die Geschichte vor der Information und den Medien nicht mehr wiederfinden. Das ursprüngliche Wesen der Musik und das ursprüngliche Konzept der Geschichte sind verschwunden, weil wir sie nicht mehr von ihrem Perfektionierungsmodell trennen können, das zugleich ihr Simulationsmodell ist, und weil wir sie nicht von ihrer künstlichen Überhöhung in eine Hyperrealität trennen können, die sie auslöscht. Wir werden niemals mehr erkennen können, was das Soziale oder die Musik gewesen sind, bevor sie heute völlig unnütz perfektioniert wurden. Wir werden niemals wissen, was die Geschichte war, bevor sie sich in der technischen Perfektionierung der Information erschöpfte – wir werden niemals wissen, was die Dinge waren, bevor sie sich in der Realisierung ihres jeweiligen Modells verflüchtigten.

So stellt sich wieder die Ausgangssituation ein. Denn daß wir die Geschichte verlassen, um in die Simulation einzutreten, ist nur die Folge der Tatsache, daß die Geschichte selber im Grunde nur ein gewaltiges Simulationsmodell war. Nicht in dem Sinne, daß sie nur insofern existiert hätte, wie man von ihr erzählt oder wie man sie interpretiert hat, sondern im Hinblick auf die Zeit, in der sie abläuft, jene lineare Zeit, die zugleich die Zeit des Endes und eines unbegrenzten Aufschubs des Endes ist. Das ist die einzige Zeit, in der Geschichte stattfinden kann, das heißt, eine Abfolge von Fakten, die nicht sinnlos sind und die von der Ursache bis zur Wirkung erzeugt werden, aber keine absolute Notwendigkeit haben und deren Zukunft ungewiß ist. Diese Zeit unterscheidet sich völlig von der Zeit ritueller Gesellschaften, in der alle Dinge bereits im Ursprung vollendet sind und die rituelle Handlung die Vollkommenheit dieses ursprünglichen Ereignisses nachzeichnet. Im Gegensatz zu dieser Ordnung der *erfüllten* Zeit mag die Freisetzung der »realen« Zeit der Geschichte, die Erzeugung einer linearen und aufgeschobenen Zeit als ein rein künstlicher Vorgang erscheinen. Woher kommt dieser Aufschub? Warum muß das, was sich erfüllen soll (Jüngstes Gericht, Seelenheil oder Katastrophe), erst am Ende der Zeiten geschehen und einen unberechenbaren Erfüllungstag anstreben? Dieses Modell von Linearität mußte Kulturen, die kein Verständnis für einen Aufschub, für eine aufeinanderfolgende Verkettung und für Endlichkeit hatten, völlig fiktiv, sinnlos und gegenstandslos erscheinen. Dieses Szenario ließ sich übrigens auch nur schwer durchsetzen. Die Frühzeit des Christentums war von einem heftigen Widerstand gegen die

Vorstellung gekennzeichnet, daß das Reich Gottes erst in ferner Zukunft erstehen sollte. Diese »historische« Perspektive der Heilserwartung, also ihre Nichterfüllung im Hier und Jetzt, konnte nicht ohne Gewalt durchgesetzt werden. Alle Häresien haben immer wieder auf dieses Leitmotiv der unmittelbaren Erfüllung der Verheißung zurückgegriffen. Das war gewissermaßen eine Herausforderung der Zeit. Ganze Gemeinschaften sind in den Tod gegangen, um die Heraufkunft des Reichs Gottes zu beschleunigen. Denn da es ihnen für das Ende der Zeiten versprochen worden war, brauchten sie nur der Zeit sofort ein Ende zu machen.

Die ganze Geschichte wird von einer millenaren (chiliastischen) Herausforderung der Zeitlichkeit der Geschichte begleitet. Der historischen Perspektive, die den Einsatz immer wieder auf ein hypothetisches Ende verschiebt, steht stets ein fataler Anspruch gegenüber, eine fatale Strategie der Zeit, die die Etappen überspringen und über das Ende hinaus gelangen will. Man kann nicht sagen, daß eine dieser Tendenzen wirklich Oberhand bekommen hat, und im Laufe der Geschichte kam immer wieder die brennende Frage auf: Soll man nun warten oder nicht? Seit der messianischen Verzückung der ersten Christen, in sämtlichen Häresien und Revolten hat es immer den Wunsch gegeben, das Ende vorwegzunehmen, auch durch den Tod, durch eine Art von verführerischem Selbstmord, der Gott von der Geschichte abbringen und ihn an seine

Verantwortung erinnern sollte, nämlich an die Verantwortung für die Zeit nach dem Ende, für die Erfüllung der Verheißung. Nimmt der Terrorismus nicht auf seine Weise auch eine Beschwörung des Endes der Geschichte vor? Durch direkte und radikale Aktionen will er die Macht in die Falle locken. Ohne den letzten Erfüllungstag abzuwarten, begibt er sich in die ekstatische Position des Endes, wobei er hofft, die Voraussetzungen für das Jüngste Gericht zu schaffen. Das ist sicherlich eine illusorische Herausforderung, die aber immer wieder fasziniert, weil im Grunde weder die Zeit noch die Geschichte jemals akzeptiert worden sind. Jeder bleibt sich der Willkürlichkeit, der Künstlichkeit von Zeit und Geschichte bewußt. Wir fallen niemals auf diejenigen herein, die uns auffordern zu hoffen.

Gibt es nicht auch jenseits des Terrorismus im weltweit verbreiteten Hirngespinst der Katastrophe, die heute über der Welt schweben soll, einen Abglanz des Anspruchs auf eine Heilserwartung? Die Forderung nach einer gewaltsamen Erhöhung der Realität, während diese für uns in eine unendliche Hyperrealität entweicht? Denn die Hyperrealität macht sogar Schluß mit dem Datum des Jüngsten Gerichts, der Apokalypse oder der Revolution. Alle vorgesehenen Ziele entschwinden uns, und die Geschichte hat keine Chance, sie zu verwirklichen, da sie inzwischen zu Ende gegangen ist (es ist immer wie bei Kafkas Geschichte vom Messias: er kommt zu spät, einen

Tag zu spät, und diese Verzögerung ist unerträglich). Je direkter man sich mit dem Messias verbindet, um so schneller kommt das Ende. Es lag schon immer eine teuflische Versuchung darin, die letzten Dinge und die Berechnung der Endzustände zu fälschen, die Zeit und das Auftreten von Dingen zu fälschen und den Lauf der Dinge zu beschleunigen, weil man ungeduldig die Erfüllung erwartet oder weil man eine geheime Eingebung hat, daß auch die Verheißung der Erfüllung verlogen und des Teufels ist.

Nicht erst unsere Besessenheit von der Echtzeit, von der Unmittelbarkeit der Information, entspricht einem geheimen Millenarismus: die Dauer auslöschen, die aufgeschobene Zeit, die Entferntheit des Ereignisses auslöschen, sein Ende durch die Freisetzung der linearen Zeit vorwegnehmen und die Dinge beinahe schon erfassen, bevor sie stattgefunden haben. In diesem Sinne ist die Echtzeit noch viel künstlicher als die aufgeschobene Zeit, und zugleich ist sie ihre Verleugnung – wenn wir das Ereignis unmittelbar genießen wollen, wenn wir es augenblicklich erleben wollen, dann deshalb, weil wir kein Vertrauen mehr in den Sinn oder die Finalität des Ereignisses haben. Die gleiche Verleugnung zeigt sich auch in scheinbar umgekehrten Verhaltensweisen – alles zu einem historischen Ereignis machen, alles archivieren und alles aus unserer Vergangenheit und aus der Vergangenheit aller Kulturen speichern. Ist das nicht ein Symptom des kollektiven

Gespürs für das Ende, dafür, daß das Ereignis und die lebendige Zeit der Geschichte vorbei ist und daß man sich mit dem gesamten künstlichen Gedächtnis und mit allen Zeichen der Vergangenheit wappnen muß, um sich gegen die Zukunftslosigkeit und die uns bevorstehenden Eiszeiten zu wehren? Sind die geistigen und intellektuellen Komplexe nicht dabei, sich in den elektronischen Speichern und Archiven zu vergraben und dort zu versinken, um eine unwahrscheinliche Wiederauferstehung anzustreben? Alle Gedanken werden im Hinblick auf das Jahr 2000 vergraben. Sie spüren bereits den Schrecken des Jahres 2000. Sie übernehmen instinktiv die Lösung derjenigen, die sich einfrieren lassen und die man in flüssigen Stickstoff legt, bis man ein Mittel gefunden hat, mit dem sie überleben können.

Diese Gesellschaften erwarten nichts mehr von einem künftigen Beginn, sie haben immer weniger Vertrauen in die Geschichte, sie verschanzen sich hinter ihren Zukunftstechnologien, hinter ihren Datenbanken und in den in sich abgeschlossenen Kommunikationsnetzen, in denen die Zeit letztlich durch reine Zirkulation vernichtet wird – diese Generationen werden vielleicht nie wieder aufwachen, aber das wissen sie nicht. Das Jahr 2000 wird vielleicht nicht stattfinden, aber sie wissen es nicht.

Die tägliche Erfahrung fällt wie Schnee. Immateriell, kristallisch und mikroskopisch bedeckt sie die ganze Oberfläche. Sie schluckt die Klänge, die Resonanz der Gedanken, der Ereignisse, der Wind peitscht sie gelegentlich mit unerwarteter Stärke, und sie sendet ein inneres Licht aus, eine heimtückische Fluoreszenz, die alle Formen in eine dämmrige Ununterscheidbarkeit taucht. Die Zeit schneien sehen, die Ideen schneien sehen, das Schweigen sich mit einer nördlichen Morgenröte erhellen sehen, dem Schwindel der Umhüllung und der Weiße nachgeben.

Wenn die Menschen »intelligente« Maschinen schaffen oder sich in der Fantasie Roboter ausmalen, dann deshalb, weil sie insgeheim an ihrer Intelligenz verzweifeln oder weil sie unter der Last einer gewaltigen und nutzlosen Intelligenz zusammenbrechen: Sie bannen sie also gewissermaßen in Maschinen, um mit ihr spielen und über sie lachen zu können. Die Intelligenz Maschinen zu überlassen, das heißt im Grunde genommen, sich von der Verantwortung des Wissens zu befreien – so wie uns die Tatsache, daß wir es den Politikern überlassen, uns zu regieren, von der Verantwortung der Macht befreit.

Die seismische Form

Der seismischen Form gehört die Zukunft. Sie ist die dem Zeitalter der Simulation angeborene Katastrophenform – bei der es zu grund- und bodenlosen Spaltungen, Brüchen und Sprüngen kommt, Gegenstände zerspringen oder brechen, gewaltige Schollen und ganze Bodenplatten schieben sich übereinander und rufen starke Beben an der Oberfläche hervor. Uns schlägt nicht mehr die vernichtende Lava in Bann: speiende Feuerschlünde, die einmal die Erde befruchteten und Strafe und Läuterung mit sich brachten. Auch keine Sintflut. Was uns unablässig beschäftigt, sind die großen Mythen und Legenden von der Urkatastrophe als dem Beginn der Welt. Das Formprinzip der Explosion, das sich nach der Nuklearkatastrophe aufdrängte, scheint uns gegenwärtiger (und hat den Gegenmythos vom großen Urknall, vom Big Bang als Ursprung des Universums, genährt). Das Erdbeben, die seismische Form, hat, so könnte man sagen, einen moderneren und aktuelleren Charakter, was wieder einmal bestätigt, daß sich die Katastrophen ihre jeweilige Kulturform aussuchen. Auch Städte unterscheiden sich durch eine ihnen eigene Form der Katastrophe, die ihren lebhaften Reiz ausmacht. New York, das ist King-Kong, Blackout und die vertikale Bombardierung. Tower-Inferno. Los Angeles repräsentiert einen horizontalen Bruch und das Abdriften Kaliforniens in den Pazifik. Earth Quake. Heute haben wir es mit einer unserer Erinnerung näher liegenden Form zu tun: sie gehört zum System der Spaltungen und unmittelbaren Ausbreitung; zu vergleichen mit einem Wellensystem, einer Ordnung des Spasmischen und der direkten (polaren) Vertauschung. Der Himmel fällt einem nicht mehr auf den Kopf, dafür rutscht einem der Boden unter den Füßen weg. Wir befinden uns in einem brüchigen Universum, im Packeis, im horizontalen Abdriften. Das uns drohende Erdbeben bewirkt, auch in einem geistigen Sinn, einem Wegbrechen der Zwischenräume; das Aufsprengen von schier voneinander unablösbaren Dingen, das Aufbrechen der sich im Vakuum zusammenziehenden Gegenstände. Im Grunde (!) nämlich hat es nie einen Grund oder eine Tiefe gegeben, sondern lediglich eine rissige Oberfläche, die sich bekanntlich in Fusion befindet. Die Erdbeben sagen es, sie sind das Requiem des Unterbaus. Und wir werden nicht mehr gespannt die Sterne oder den Himmel beobachten, sondern auf die unterirdischen Gottheiten lauern müssen, die uns mit dem Sturz in den Abgrund drohen.

Die Energie von Erdbeben auffangen, was wäre das für ein Wahnsinn; ähnlich aberwitzig wäre es, aus Autounfällen, überfahrenen Hunden, aus all dem, was fällt und zusammenbricht, Energie gewinnen zu wollen. Eine neue Perspektive, vielleicht sogar eine neue Hypothese: Wenn alle Dinge zu verschwinden oder zusammenzubrechen drohen, könnten irgendwann einmal Unfall und Katastrophe zur Hauptenergiequelle werden. Eines ist gewiß: wenn es uns nicht einmal gelingt, die seismische Energie aufzufangen, kann auch die symbolische Welle niemals beruhigt werden: die symbolische Energie (wenn man so sagen kann), das heißt die Faszinationskräfte und Ironie, die ein solches Ereignis freisetzt, stehen in keinem Verhältnis zu der ihm eignenden materiellen Destruktivität.

Genau diese symbolische Kraft, die mit der Katastrophe durchbricht, will man, welch Aberwitz, bändigen – wie man, auf einer konkreteren Ebene, Erdbeben voraussehen will, um ihnen mit Evakuierungsaktionen zuvorzukommen. Kurioserweise haben die Experten der Stadt San Francisco, die in dieser Hinsicht die größte Erfahrung haben, errechnet, daß der aufgrund eines unmittelbar bevorstehenden Erdbebens ausgerufene Not- und Evakuierungszustand eine Panik auslösen würde, die sich verheerender auswirken würde als die eigentliche Katastrophe. Hinter der totalen Lächerlichkeit des Systems steckt alles, nur keine Ironie des Schicksals. Wo eine wirkliche Katastrophe fehlt, wird man durch Simulation eine Katastrophe auslösen, die es mit jener durchaus aufnehmen kann, und sie sogar noch übertrifft. Die Frage wäre, ob nicht genau das den »Experten« im Kopf herumspukt. Nicht anders im Nuklearbereich: Spielen nicht alle Präventiv- und Dissuasionssysteme ihre Rolle als potentielle Katastrophenherde? Unter dem Vorwand, die Katastrophe verhindern zu wollen, tragen sie deren Konsequenzen ins Unmittelbare, ins Hier und Jetzt. Was wieder einmal bestätigt, daß man beim Zerstören und Vernichten nicht auf den Zufall zählen kann: es muß im Sicherheits- und Dissuasionssystem ein unmittelbares Aquivalent gefunden werden.

Es ist daher auch offensichtlich, daß ein Staat oder sonst irgendeine Macht, mag sie auch noch so gut die Erdbeben voraussehen und allen Folgen zuvorkommen können, letztlich sogar das Überleben der Gattung stärker bedroht als die eigentlichen Erdbeben. Die süditalienischen *terremotati* (Erdbeben) haben den italienischen Staat zwar wegen seines Schlendrians getroffen (die Medien waren eher vor Ort als die Behörden und Hilfsdienste – was nur zu gut kennzeichnet, welche Prioritäten gelten und wie die Dinge wirklich laufen); man hat die Katastrophe zu Recht der Politik zur Last gelegt (die nur noch darauf ausgerichtet ist, bestimmte Bevölkerungsgruppen mit ihrer terroristischen Fürsorge zu verfolgen), aber nie und nimmer würde jemand sich im Traum eine Ordnung ausdenken, die eine derartige Katastrophe in Schach halten könnte: der Preis wäre so hoch, daß jeder die Katastrophe bevorzugte – käme doch deren Elend dem Bedürfnis entgegen, den gewaltsamen Untergang vorwegzunehmen und das politische System in seiner Haltlosigkeit der Lächerlichkeit zu überantworten. Analog beim Terrorismus: Was wäre das wohl für ein Staat, der in der Lage sein soll, jeglichen Terrorismus im Keim zu ersticken und aufzulösen? Muß er sich nicht selbst mit den Waffen des Terrorismus aufrüsten und den Terror auf allen Ebenen verallgemeinern? Was wäre der Preis für solche Sicherheit und kann davon wirklich irgendjemand träumen?

POMPEJI REVISITED. Alles in dieser Stadt ist metaphysisch, bis in ihre traumhafte Geometrie hinein, die sich nicht als räumliche, sondern als geistige Geometrie der Labyrinthe darbietet – diesseits der Zeit, die in der Mittagshitze noch stärker gefriert. Welch ein großartiges Erlebnis, die spürbare Präsenz der Ruinen, ihre Spannung, ihre Schatten(bildungen), ihre Alltäglichkeit. Koinzidenz der Banalität eines Spaziergangs und der Immanenz einer anderen Zeit, eines anderen, einzigartigen Moments, dem Augenblick der Katastrophe. Die mörderische, aber aufgehobene Anwesenheit des Vesuvs gibt den toten Straßen den Reiz der Halluzination – die Illusion, schon vor der eigenen Geburt da zu sein, im Hier und Jetzt, am Vorabend der Eruption, und man steht zweitausend Jahre später wieder auf, tot und wieder lebendig, durch ein Wunder der Nostalgie, in der tiefen Immanenz eines früheren Lebens. Nur wenige Orte hinterlassen einen solchen Eindruck von Unheimlichkeit (es ist kein Zufall, daß Jensen und Freud[21] dort auch das »psychische« Agieren Gradivas ansiedelten). Die ganze Wärme des Todes spürt man hier, gesteigert durch die versteinerten Spuren des Alltagslebens: die Radrillen im Gestein, die abgenutzten Brunnenkränze, das versteinerte Holz einer halbgeöffneten Tür, die Togafalte eines in Asche gebetteten Körpers; zwischen diese Dinge und uns schiebt sich keine historische Zeit, die den Monumenten Prestige verleihen würde: In der Wärme des sie überraschenden Todes werden sie sofort materiell. Weder die Monumentalität noch die Schönheit sind wesentlich für Pompeji, sondern die Intimität der Dinge, die Faszination ihrer Unmittelbarkeit; es ist sozusagen das vollendete Simulakrum unseres eigenen Todes.

Pompeji ist also eine Art *Trompe-l'œil* und Urszene: der gleiche Taumel abzüglich einer realen Zeitdimension – die gleiche Halluzination mit einer zusätzlichen Dimension, nämlich einer Transparenz der kleinsten Details deines Lebens; wie die genaue Vision, die man vom Meeresgrund oder von lebenden, auf den Grund eines künstlichen Sees versunkenen Bäumen erhält, wenn man beim Schwimmen darüber hinwegschwebt.

Die geistige Wirkung der Katastrophe besteht darin, die Dinge anzuhalten, bevor sie ihr Ende erreichen, und sie in der ewigen Spannung ihres Verschwindens zu halten.

Pompeji: wieder einmal durch ein Erdbeben verwüstet. Was ist das für eine Katastrophe, die sich wild auf Ruinen stürzt? Was ist das für eine Ruine, die es nötig hat, ständig wieder niedergerissen und verschüttet zu werden? Sadistische Ironie der Katastrophe: sie wartet insgeheim darauf, daß die Dinge und selbst die Ruinen wieder ihre Schönheit und ihren Sinn annehmen, um sie anschließend wieder zu zerstören: sie wacht eifrig darüber, daß die Illusion der Ewigkeit zerstört wird, aber sie spielt auch mit ihr, indem sie die Dinge in einer zweiten Ewigkeit zur Erstarrung bringt. Genau das, dies Versteinerte, diese Erstarrung eines geschäftigen Lebens, durch eine katastrophische Unmittelbarkeit, machte den Reiz Pompejis aus. Die erste Katastrophe, die des Vesuvs, war gelungen. Die des Erdbebens ist viel problematischer. Sie scheint in einer parodistischen Wirkung der Regel von der Verdopplung der Ereignisse zu folgen. Läppische Probe der großen Premiere. Vollendung eines großen Schicksals; eine erbärmliche göttliche Natur hat dabei noch etwas nachgeholfen. Aber vielleicht hat das Erdbeben auch einen anderen Sinn, nämlich den, uns zu ermahnen, daß die Zeiten der grandiosen Erdrutsche und Wiederauferstehungen, die Zeiten der Spiele um Vergänglichkeit und Ewigkeit vorbei sind; an ihre Stelle treten, durch fortgesetzte Verschiebungen, die kleinen Ereignisse, sozusagen »süße« Vernichtungen, ohne neuen Morgen, weil es ja gerade die Spuren sind, die dieses neue Schicksal auslöschen. Dies alles macht uns mit dem horizontalen Zeitalter der folgenlosen Ereignisse vertraut, wo der letzte Akt fast wie in einer Parodie durch die Natur selbst inszeniert wird.

Das radikale Denken

»Der Roman ist ein Kunstwerk«, heißt es bei Stevenson, »weniger aufgrund seiner unvermeidlichen Ähnlichkeiten mit dem Leben als aufgrund der unermeßlichen Unterschiede, die ihn vom Leben trennen.« – Nicht anders zeichnet sich das Denken weniger durch seine unvermeidlichen Übereinstimmungen mit der Wahrheit aus als durch die unermeßlichen Abweichungen, die es von der Wahrheit trennen.

Es ist nicht wahr, daß man, um zu leben, von der eigenen Existenz überzeugt sein muß. Unser Bewußtsein ist ohnehin niemals der Widerhall unserer Existenz in Echtzeit, sondern ihr Widerhall in Differenzzeit, der Bildschirm der Zersplitterung des Subjekts und seiner Identität (nur im Schlaf, in der Bewußtlosigkeit und im Tod existieren wir in Echtzeit, sind wir mit uns selbst iden-

tisch). Dieses Bewußtsein entspringt vielmehr spontan einer an die Realität gerichteten Kampfansage, der Parteinahme für die objektive Illusion der Welt vielmehr als für ihre Realität. Diese Kampfansage ist für unser Überleben und das der Gattung wichtiger als der Glaube an die Realität und an die Existenz, der sich mit Jenseitsverheißungen aufrichtet. Unsere Welt dagegen ist wie sie ist, aber darum nicht realer. »Der mächtigste Trieb des Menschen ist es, mit der Wahrheit in Konflikt zu geraten und also mit dem Realen.«
Der Glaube an die Realität gehört zu den elementaren Formen des religiösen Lebens. Er ist eine Erkenntnisschwäche, eine Schwäche des gesunden Menschenverstandes und zugleich das letzte Bollwerk der Moralapostel und der Jünger des Rationalen. Zum Glück lebt niemand nach diesem Prinzip, nicht einmal diejenigen, die es verkünden – aus gutem Grund. Niemand glaubt von Grund auf an das Reale oder an die Evidenz seines realen Lebens. Weil es schlicht zu trostlos wäre.

Aber, aber, sagen diese guten Apostel, ihr werdet doch die Realität nicht in den Augen derer diskreditieren, die schon genug Mühe haben zu leben und die ein Recht auf das Reale haben und auf die Tatsache, daß sie existieren. Derselbe Einwand wie für die Dritte Welt: ihr werdet doch den Überfluß nicht in den Augen derer diskreditieren, die Hungers sterben. Oder: ihr werdet doch den Klassenkampf nicht in den Augen der Völker diskreditieren, die noch nicht einmal ein Anrecht auf ihre bürgerliche Revolution hatten. Oder: ihr werdet doch den Feminismus und Gleichstellungsforderungen nicht in den Augen derer diskreditieren wollen, die noch nicht einmal etwas von den Rechten der Frau gehört haben etc. Wenn ihr die Realität nicht mögt, verderbt sie den anderen nicht! Das ist eine Frage der demokratischen Moral: Man darf Billancourt[22] nicht in Verzweiflung stürzen. Nie darf man jemanden in Verzweiflung treiben.

Hinter dieser Barmherzigkeit steckt tiefe Verachtung. Zunächst in dem Umstand, die Realität als eine Art Lebensversicherung einzusetzen oder als Konzession auf Lebenszeit, als eine Art Menschenrecht oder alltägliches Konsumgut. Vor allem aber darin, die Leute zu bestärken, ihre ganze Hoffnung auf die sichtbaren Beweise ihrer Existenz zu setzen: indem man ihnen diesen saint-sulpizianischen Realismus zuschreibt, behandelt man sie als naiv und zurückgeblieben.

Diese Verachtung zeigen die Propagandisten der Realität – das muß zu ihrer Entlastung gesagt werden – zuallererst sich selbst gegenüber, indem sie ihr eigenes Leben auf eine Ansammlung von Tatsachen und Beweisen, von Ursachen und Wirkungen reduzieren. Jeder ordentliche Groll beginnt bei einem selbst.

Sagt man: Dies ist real, die Welt ist real, das Reale existiert (ich bin ihm begegnet) – lacht keiner. Sagt man: Dies ist ein Trugbild, ihr seid nur ein Trugbild, dieser Krieg ist ein Trugbild – prusten alle los. Brechen aus in ein gezwungenes und herablassendes oder in ein krampfhaftes Lachen, wie über einen kindischen Scherz oder eine Anzüglichkeit. Alles, was das Simulakrum berührt, ist tabu oder obszön, wie das, was den Sexus oder den Tod berührt. Dabei sind doch vielmehr Realität und Evidenz obszön. Die Wahrheit müßte Gelächter auslösen. Man stelle sich eine Kultur vor, in der alle spontan loslachen, wenn jemand sagt: Dies ist wahr, dies ist real.

All dies definiert die unlösbare Beziehung des Denkens und des Realen. Eine bestimmte Denkweise ist dem Realen verpflichtet. Sie geht von der Hypothese aus, daß es einen Bezug zur Idee gibt und eine mögliche Ideenbildung der Realität. Eine beruhigende Polarität: die der dialektischen und philosophischen Lösungen nach Maß. Die andere Denkweise bezieht ihre Position außerhalb des Realen, ist der Dialektik fremd, selbst dem kritischen Denken fremd. Sie ist nicht einmal eine Negation des Realitätsbegriffs. Sie ist Illusion, Fähigkeit zur Illusion, also ein Spiel mit der Realität, wie die Verführung ein Spiel mit dem Verlangen, wie die Metapher ein Spiel mit der Wahrheit ist. Dieses radikale Denken geht weder aus einem philosophischen Zweifel hervor noch aus einem utopischen Transfer, noch aus einer idealen Transzendenz. Es ist die der sogenannten »realen« Welt immanente ma-

terielle Illusion. Plötzlich scheint sie von außerhalb zu kommen. Sie scheint die Extrapolation dieser Welt in eine andere Welt zu sein.
Jedenfalls sind Denken und Reales unvereinbar. Vom einen zum anderen ist kein Übergang nötig oder natürlich. Weder Alternanz noch Alternative: nur Alterität und Distanz halten sie unter Spannung. Dies sichert dem Denken seine Besonderheit, durch die es zum Ereignis wird, ebenso wie die Besonderheit der Welt, durch die sie zum Ereignis wird.

Sicher ist es nicht immer so gewesen. Man kann sich eine glückliche Verbindung von Idee und Realität vorstellen: im Schatten der Aufklärung und der Moderne, in den heroischen Zeiten des kritischen Denkens. Doch dieses Denken, das gegen eine bestimmte – abergläubische, religiöse oder ideologische – Illusion gerichtet war, ist im wesentlichen beendet. Selbst wenn es seine katastrophale Säkularisierung in allen politischen Strömungen des 20. Jahrhunderts überlebt hätte, wäre diese ideale und gleichsam notwendige Beziehung zwischen Begriff und Realität heute doch zerstört. Sie hat sich aufgelöst unter dem Druck einer technischen und mentalen Simulation von gigantischem Ausmaß, zugunsten einer Autonomie des fortan vom Realen befreiten Virtuellen und zugleich einer Autonomie des Realen, das wir taumelnd in sich selber kreisen sehen. Gewissermaßen aus dem eigenen

Prinzip ausgestoßen, exiliert, ist das Reale selbst zum extremen Phänomen geworden. Das heißt, man kann es nicht mehr als real denken, sondern als entgleist, als von einer anderen Welt aus gesehen – als Illusion. Bedenken wir, was für eine erstaunliche Erfahrung es wäre, eine reale Welt außerhalb der unseren zu entdecken. Die Objektivität unserer Welt haben wir etwa zur selben Zeit entdeckt wie Amerika. Doch was man entdeckt hat, kann man niemals mehr erfinden. So haben wir die Realität entdeckt, die zu erfinden bleibt (so haben wir die Realität erfunden, die zu entdecken bleibt).
Warum sollte es nicht ebensoviele reale Welten geben wie imaginäre? Warum nur eine einzige reale Welt, warum eine solche Ausnahme? Eigentlich ist die reale Welt unter allen anderen möglichen Welten undenkbar, es sei denn als gefährlicher Aberglaube. Wir müssen uns von ihr lösen, wie sich das kritische Denken einst (im Namen des Realen!) vom religiösen Aberglauben gelöst hat. Denker, strengt euch noch einmal an!

Jedenfalls sind die beiden Denkweisen unvereinbar. Jede folgt ihrem Lauf, ohne sich mit der anderen zu vermischen, allenfalls schieben sie sich wie tektonische Platten übereinander, von Zeit zu Zeit schaffen ihre Kollision oder ihre Subduktion Verwerfungszonen, in welche die Realität hineinstürzt. Das Schicksal befindet sich immer am Kreuzungspunkt der beiden Kraftlinien. Ebenso befindet sich das radikale Denken am gewalttätigen Kreuzungspunkt zwischen Sinn und Unsinn, zwischen Wahrheit und Unwahrheit, zwischen der Kontinuität der Welt und der Kontinuität des Nichts.

Anders als der Diskurs des Realen, der auf die Tatsache setzt, daß es etwas gibt und nicht nichts, und der sich auf der Bürgschaft einer objektiven und entzifferbaren Welt begründet sieht, setzt das radikale Denken auf die Illusion der Welt. Es will eine Illusion sein, welche die Nichtwahrheit der Tatsachen wieder herstellt, die Nichtbedeutsamkeit der Welt, indem es die umgekehrte Hypothese erstellt: daß es nichts gibt und nicht etwas, und indem es dieses Nichts verfolgt, das sich unter der scheinbaren Kontinuität des Sinns verbirgt.

Die radikale Prophezeiung ist immer die der Nichtrealität der Tatsachen, der Illusion des Sachverhalts. Sie beginnt erst mit der Vorahnung dieser Illusion und ist nie mit dem objektiven Zustand der Dinge zu verwechseln. Jede Gleichsetzung in diesem Bereich ist wie die Verwechslung der Botschaft mit dem Boten, den man beseitigt, wenn er eine schlechte Kunde überbringt (etwa die der Ungewißheit des Realen, des Nichtvorhandenseins gewisser Ereignisse, der Nichtigkeit unserer Werte).

Jede Verwechslung des Denkens mit der Ordnung des Realen – diese angebliche »Treue« zum Realen, das das Denken doch Stück für Stück erst hat entstehen lassen – ist halluzinatorisch. Sie entstammt übrigens einer völlig widersinnigen Auffassung von Sprache, die in ihrer Bewegung selbst Illusion ist: denn sie ist Träger jener Kontinuität der Leere, jener Kontinuität des Nichts im Kern dessen, was sie aussagt, denn sie ist in ihrer Materialität Dekonstruktion dessen, was sie bedeutet. So wie die Fotografie Auslöschung konnotiert, den Tod des Dargestellten, was ihr ihre Intensität verleiht, so verleiht dem Geschriebenen, egal ob Fiktion oder Theorie, gerade die Leere seine Intensität, das filigrane Nichts, die Illusion des Sinns, die ironische Dimension der Sprache – sie entspricht der der Tatsachen selbst, die niemals das sind, was sie sind.

Wörtlich: Sie sind niemals mehr als das, was sie sind, und sie sind niemals nur das, was sie sind. Die Ironie der Tatsachen in ihrer jämmerlichen Realität besteht gerade darin, daß sie nur sind, was sie sind, und eben darum zwangsläufig auch über sich selbst hinaus sind. Denn die Existenz einer Tatsache ist unmöglich – nichts ist völlig evident, ohne rätselhaft zu werden. Die Realität selbst ist zu evident, um wahr zu sein.

Gerade in dieser ironischen Verklärung besteht das Ereignis der Sprache. Und das Denken muß sich darum bemühen, diese fundamentale Illusion der Welt und der Sprache wiederherzustellen – nicht darum, die Begriffe einfältig wörtlich zu nehmen: Verwechslung des Boten mit der Botschaft, der Sprache mit ihrem Sinn, die so schon im voraus geopfert ist.

Der Anspruch des Denkens ist doppelt und widersprüchlich. Er geht nicht dahin, die Welt zu analysieren, um eine unwahrscheinliche Wahrheit herauszufiltern. Nicht, sich den Tatsachen anzupassen, um daraus irgendeine logische Konstruktion abzuleiten. Sondern es ist der Anspruch, eine Form, eine Matrize von Täuschung und Enttäuschung einzusetzen, welcher die verführte Realität spontan zuarbeitet und die sich also unbeirrbar bestätigt (es muß nur von Zeit zu Zeit das Objektiv ein wenig nachjustiert werden). Denn die Realität wartet nur darauf, sich den Hypothesen zu unterwerfen, sie bestätigt sie alle, gerade darin liegt ihre List und ihre Rache.
Das theoretische Ideal wäre es, solche Thesen aufzustellen, die durch die Realität widerlegt werden können, und zwar so, daß der Realität kein anderer Ausweg mehr bliebe, als sich ihnen vehement entgegenzustellen und sich dadurch zu demaskieren. Denn die Realität ist eine Illusion, und jedes Denken muß vor allem versuchen, sie zu demaskieren. Dafür muß es selbst maskiert vorgehen und sich als Trugbild anbieten, ohne Rücksicht auf seine eigene Wahrheit. Es muß seinen Stolz darein setzen, kein Analyseinstrument zu sein, kein kritisches Instrument. Denn die Welt muß sich selbst analysieren. Die Welt selbst muß sich aufdecken, nicht als Wahrheit, sondern als Illusion. Die Entrealisierung der Welt wird das Werk der Welt selbst sein.

Man muß der Realität eine Falle stellen, man muß schneller sein als sie. Auch die Idee muß schneller sein als ihr Schatten. Doch wenn sie zu schnell ist, verliert sie sogar ihren Schatten. Nicht mehr den Schatten einer Idee haben. Die Wörter sind schneller als der Sinn, doch wenn sie zu schnell sind, herrscht Irrsinn: Die Ellipse des Sinns kann einem selbst den Geschmack am Zeichen verderben. Welcher Handel läßt sich mit diesem Stück Schatten und Arbeit, diesem intellektuellen und Geduldsaufwand machen – was wird einem der Teufel dafür geben? Schwierig zu sagen. Im Grunde sind wir die Waisen einer verspäteten Realität, die wie die Wahrheit selbst nur eine Feststellung mit Zeitzünder ist.
Das Beste vom Besten ist es, wenn eine Idee als Idee verschwindet, um Ding unter Dingen zu werden. Darin findet sie ihre Vollendung. Ist sie erst einmal der sie umgebenden Welt wesensgleich geworden, hat sie keinen Anlaß mehr, zu erscheinen oder als solche verteidigt zu werden. Verschwinden der Idee durch schweigsame Verbreitung. Eine Idee ist niemals dazu bestimmt, sich zu manifestieren, sondern in der Welt aufzugehen, daß sie in der Welt und die Welt in ihr durchscheint.
Ein Buch endet erst mit dem Verschwinden seines Gegenstandes. Seine Substanz darf keine Spuren hinterlassen. Wie bei einem perfekten Verbrechen. Gleich was ihr Gegenstand ist, die Schreibkunst muß ihre Illusion erstrahlen lassen und ihn zu einem unerreichbaren Geheimnis

machen – unannehmbar für die Realpolitiker des Begriffs. Das Ziel der Schreibkunst ist es, ihren Gegenstand zu verfremden, ihn zu verführen, ihn vor seinen eigenen Augen verschwinden zu lassen. Sie zielt auf eine totale Auflösung, auf eine poetische Auflösung nach Saussure, nämlich auf die der rigorosen Zerstreuung des Namens Gottes.

Im Gegensatz zu dem, was immer behauptet wird (»das Reale ist das, was widersteht und über das alle Hypothesen stolpern«), ist die Realität nicht sehr stabil und scheint eher dazu zu neigen, sich in Unordnung zurückzuziehen. Ganze Stücke der Realität brechen ein, wie beim Einstürzen der Baliverna von Buzzati,[23] wo der kleinste Riß eine Kettenreaktion auslöst. Überall stößt man auf verwischte Fußspuren, wie in Borges' Geschichte von der Landkarte und vom Territorium.
Es ist nicht nur so, daß die Realität denjenigen, die sie denunzieren, keinen Widerstand mehr entgegensetzt, sondern sie entzieht sich selbst jenen, die für sie Partei ergreifen. Vielleicht ist das eine Art, sich an ihren Jüngern zu rächen: sie auf ihr eigenes Verlangen zurückzuwerfen. Letztendlich ist sie doch wohl eher Sphinx als Hündin.
Spitzfindig rächt sie sich an allen, die sie negieren, indem sie ihnen paradoxerweise Recht gibt. Wenn die zynischste, die provozierendste Hypothese sich bestätigt, ist das ein

Schelmenstreich, man ist entwaffnet angesichts der beklagenswerten Bestätigung seiner Aussagen durch eine skrupellose Realität.

So äußert man die Idee des Simulakrums, ohne wirklich an sie zu glauben, und sogar in der Hoffnung, daß das Reale sie widerlegt (nach Popper das Unterpfand der Wissenschaftlichkeit).

Leider reagieren nur die Realitätsfanatiker, die Realität selbst scheint einem nicht widersprechen zu wollen, eher im Gegenteil: Alle Trugbilder toben sich in ihr aus. Indem sie die Idee geraubt hat, schmückt sie sich fortan mit aller Rhetorik der Simulation. Heute ist es das Simulakrum, das die Kontinuität des Realen sichert, das Simulakrum ist es, das fortan nicht die Wahrheit verbirgt, sondern die Tatsache, daß es keine gibt, also die Kontinuität des Nichts.

Dies ist das Paradox eines jeden Denkens, das gegen das Reale Einspruch erhebt: wenn es sich seinen eigenen Begriff rauben sieht. Die in sich selbst ihres Sinnes beraubten Ereignisse rauben uns den Sinn. Sie passen sich den phantastischsten Hypothesen an, wie sich biologische Spezies oder Viren den feindlichsten Lebensräumen anpassen. Sie haben eine außergewöhnliche mimetische Kapazität: Es sind nicht mehr die Theorien, die sich nach den Ereignissen richten, sondern umgekehrt. Auf diese Weise mystifizieren sie uns, denn eine Theorie, die bestätigt wird, ist keine Theorie mehr. Wie schrecklich, die

Idee mit der Realität übereinstimmen zu sehen. Das ist die Agonie des Begriffs. Die Epiphanie des Realen ist der Untergang seines Begriffs.
Wir haben diesen Vorsprung der Ideen vor der Welt verloren, diese Distanz, die bewirkt, daß eine Idee eine Idee bleibt. Das Denken muß die Regel vor den Kopf stoßen, antizipierend und außerhalb – der Schatten, den zukünftige Ereignisse werfen. Heute hinken wir den Ereignissen jedoch hinterher. Auch wenn sie manchmal den Eindruck erwecken, Rückschritte zu sein, haben sie uns in Wirklichkeit längst überholt. Die simulierte Unordnung der Dinge war schneller als wir. Der Realitätseffekt ist vor der Beschleunigung zurückgetreten – Zerrbild der Geschwindigkeit. Die Ereignisse, so wie sie sind, sind sich selbst gegenüber niemals verspätet, immer jenseits ihres Sinns. Daher die Verspätung der Interpretation, die nur noch die nachträgliche Gestalt des unvorhersehbaren Ereignisses ist.

Was also ist zu tun? Was wird aus der Heterogenität des Denkens in einer Welt, die sich in die aberwitzigsten Hypothesen verwandelt? Wenn alles sich nach dem ironischen Modell richtet, nach dem kritischen, alternativen, katastrophalen – in einem Maß, das alle Hoffnungen übersteigt?
Nun, das ist das Paradies: wir befinden uns jenseits des Jüngsten Gerichts, in der Unsterblichkeit – die Haupt-

sache ist, darin zu überleben. Denn dort endet die Ironie, die Herausforderung, die Antizipation, die Hexerei ebenso unerbittlich wie die Hoffnung vor den Toren der Hölle. Tatsächlich beginnt dort die Hölle, die der uneingeschränkten Realisation aller Ideen, die Hölle des Realen. Man kann verstehen, daß die Begriffe sich lieber selbst versenken (Adorno), als dahin zu gelangen.

Etwas anderes ist uns gestohlen worden: die Indifferenz. Die Fähigkeit zur Indifferenz, welche die Eigenschaft des Geistes ist, im Gegensatz zum Spiel der Differenzen, welches das Kennzeichen der Welt ist. Sie wurde uns durch eine indifferent gewordene Welt gestohlen, wie uns die Extravaganz des Denkens durch eine extravagante Welt gestohlen wurde. Wenn die Dinge, die Ereignisse aufeinander und auf ihren indifferenzierten Begriff verweisen, dann begegnet und annulliert die Äquivalenz der Welt die Indifferenz des Denkens – es herrscht Langeweile. Kein Zank mehr, kein Einsatz. Das ist die Teilung stehender Wasser.
Wie war sie schön, die Indifferenz, in einer Welt, die es nicht war, in einer differenten, krampfhaften und widersprüchlichen Welt, mit Einsätzen und Leidenschaften! Plötzlich wurde die Indifferenz selbst zum Einsatz und zur Leidenschaft. Sie konnte die Indifferenz der Welt vorwegnehmen und aus dieser Vorwegnahme ein Ereignis machen. Heute ist es schwierig, ihrer Realität gegenüber

indifferenter zu sein als die Tatsachen selbst, ihrem Sinn gegenüber indifferenter als die Bilder. Unsere operationale Welt ist eine teilnahmslose Welt. Doch was nützt es, frei von Leidenschaft zu sein in einer leidenschaftslosen Welt oder ungezwungen in einer desinteressierten Welt?

Nicht, daß das radikale Denken verteidigt werden muß. Jede Idee, die man verteidigt, hält man für schuldig, und jede Idee, die sich nicht selbst verteidigt, verdient es zu verschwinden. Doch gegen jede Anschuldigung der Verantwortungslosigkeit, des Nihilismus, der Verzweiflung muß man kämpfen. Das radikale Denken ist niemals depressiv. Das wäre ein absoluter Widersinn. Die Ideologie- und Moralkritik, die besessen ist von Sinn und Inhalt, besessen von der politischen Zweckbestimmtheit des Diskurses, berücksichtigt niemals die Schreibkunst, den Akt des Schreibens, die poetische, ironische, andeutende Kraft der Sprache, des Spiels mit dem Sinn. Sie sieht nicht, daß die Auflösung des Sinns präsent ist, in der Form selbst, in der formalen Materialität des Ausdrucks. Der Sinn dagegen ist stets unglücklich. Die Analyse ist per definitionem unglücklich, da sie der kritischen Desillusionierung entspringt. Die Sprache dagegen ist glücklich, selbst wenn sie eine Welt ohne Illusion und ohne Hoffnung bezeichnet. Dies wäre sogar die Definition eines radikalen Denkens: eine glückliche Form und eine hoffnungslose Intelligenz.

Die Kritiker sind von Natur aus unglücklich und wählen immer die Ideen als Austragungsort ihrer Kämpfe. Sie sehen nicht, daß der Diskurs zwar immer dazu tendiert, Sinn zu produzieren, Sprache und Schreiben jedoch immer Illusion erzeugen – sie sind die lebendige Illusion des Sinns, die Auflösung des Unglücks des Sinns durch das Glück der Sprache.
Was tatsächlich der einzige politische – oder transpolitische – Akt ist, den der vollziehen kann, der schreibt.

Ideen hat jeder, und mehr als genug. Was zählt, ist die poetische Einzigartigkeit der Analyse. Sie allein kann das Schreiben rechtfertigen, nicht etwa die armselige kritische Objektivität der Ideen. Niemals wird es für den Widerspruch der Ideen eine Lösung geben, wenn nicht in der Energie und im Glück der Sprache. »Ich male nicht Trauer oder Einsamkeit«, sagt Hopper, »ich versuche nur, das Licht auf dieser Mauer zu malen.«
Wie auch immer: Lieber eine trostlose Analyse in einer glücklichen Sprache als eine optimistische Analyse in einer unglücklichen, vor Langeweile trostlosen und vor Geistlosigkeit entmutigenden Sprache, wie es so oft der Fall ist. Die formale Langeweile, welche dieses idealistische und voluntaristische Denken ausscheidet, ist das Stigma seiner Verzweiflung – der Welt gegenüber und dem eigenen Diskurs. Seinen Ort hat das depressive Denken bei jenen, die ständig von Hinauswachsen über die

Welt und von Transformation der Welt sprechen, während sie noch nicht einmal in der Lage sind, ihre eigene Sprache zu läutern.

Dem radikalen Denken ist jede Auflösung der Welt im Sinne einer objektiven Realität und ihrer Entzifferung fremd. Es entziffert nicht. Es anagrammatisiert, es zerstreut die Begriffe und die Ideen, und durch seine reversible Verkettung berichtet es vom Sinn und zugleich von der grundlegenden Illusion des Sinns. Die Sprache berichtet von ihrer eigenen Illusion als definitive List, und durch sie von der Illusion der Welt als unendlicher Falle, als Verführung des Geistes, als Verfeinerung all unserer mentalen Fähigkeiten. Als Überträger des Sinns ist sie zugleich Supraleiter der Illusion und des Unsinns. Die Sprache ist nur unfreiwilliger Komplize der Kommunikation – durch ihre bloße Form appelliert sie an die geistige und materielle Imagination von Klang und Rhythmus, an die Zerstreuung des Sinns im Ereignis der Sprache. Diese Leidenschaft für das Artefakt, diese Leidenschaft für die Illusion ist auch die, jene allzu schöne Sinnkonstellation aufzulösen. Und den Schwindel der Welt durchscheinen zu lassen, welcher ihre rätselhafte Funktion ist, die Mystifizierung der Welt, welche ihr Geheimnis ist. Wobei sie ihren eigenen Schwindel durchscheinen läßt – Schwindel, nicht Schwinden des Sinns.

Diese Leidenschaft siegt im freien und geistigen Gebrauch der Sprache, im geistigen Spiel des Schreibens. Dort, wo dieses Artefakt nicht berücksichtigt wird, geht nicht nur der Charme verloren, sondern selbst der Sinn kann nicht aufgelöst werden.

Chiffrieren, nicht dechiffrieren. Die Illusion erarbeiten. Illusion schaffen, um Ereignis zu schaffen. Rätselhaft machen, was klar ist, unbegreiflich das, was allzu begreiflich ist, unleserlich das Ereignis selbst. Die falsche Transparenz der Welt unterstreichen, um eine terroristische Konfusion in ihr zu säen, die Keime oder die Viren einer radikalen Illusion, das heißt einer radikalen Desillusionierung des Realen. Virales, schädliches, den Sinn korrumpierendes Denken, das eine erotische Wahrnehmung der Realitätsverwirrung hervorbringt.

Einen heimlichen Handel der Ideen fördern, aller unzulässigen Ideen, der unannehmbaren Ideen, wie in den 30er Jahren mit Alkohol geschmuggelt wurde. Denn wir stecken mitten in der Prohibition. Das Denken ist ein äußerst seltenes Lebensmittel geworden, unerlaubt und unbezahlbar, das an geheimen Orten und nach esoterischen Regeln angebaut werden muß.

Alles hat sich im geheimen abzuspielen. Der offizielle Markt des Denkens hat als weltweit korrumpiert zu gelten, er leistet dem Denkverbot durch den herrschenden Klerus Vorschub. Jede Einmischung kritischer, aufgeklärter und wohlwollender Intellektueller wird, da von *political correctness* unterminiert, für null und nichtig gelten.

In sich jede Spur des intellektuellen Komplotts auslöschen. Das Realitätsdossier verfeinern, um sich die Schlußfolgerungen aus dem Kopf zu schlagen. Tatsächlich ist es die Realität selbst, die ihre eigene Ablehnung anzettelt, ihren eigenen Verlust durch unseren Mangel an Realität. Daher das Gefühl, daß diese ganze Sache – die Welt, das Denken, die Sprache – von außerhalb gekommen ist und wie durch Zauberhand verschwinden könnte. Denn die Welt versucht nicht, stärker zu existieren oder in der Existenz zu verharren. Sie sucht im Gegenteil nach dem geistigsten Mittel, der Realität zu entkommen. Sie sucht durch das Denken nach dem, was zu dessen Verlust führen könnte.

Die absolute Regel ist es, zurückzugeben, was man bekommen hat. Niemals weniger, immer mehr. Die absolute Regel des Denkens ist es, die Welt so zurückzugeben, wie wir sie bekommen haben – unbegreiflich – und wenn möglich noch etwas unbegreiflicher.

Anmerkungen

[1] »Die Verführung. Eine diabolische Strategie. Interview mit Robert Maggiori«, in: Jean Baudrillard, *Laßt euch nicht verführen,* Berlin: Merve 1983, S. 127 ff.

[2] Vgl. Jacques Lacan, *Encore,* (Seminar XX, 1973/74), übersetzt von Norbert und Verena Haas, Jochen Metzger, Weinheim: Beltz 1986

[3] Vgl. Jacques Lacan, *Die vier Grundbegriffe der Psychoanalyse,* (Seminar XI), 1964), übersetzt von V. Haas, Olten und Freiburg im Breisgau: Walter 1978, S. 59–61

[4] »Und sie bewegt sich doch.« (G. Galilei)

[5] »pêché«, »offense«, »meutre« haben alle auch die Allgemeinbedeutung von »Sünde«.

[6] *Contrat d'Insertion Profession* (CIP), Initiative zu einem »Berufseinsteigergesetz« unter der Regierung Balladur, die die untertarifliche Anstellung vor allem von Hochschulabgängern erlaubt hätte. Heftige Proteste und Großdemonstrationen brachten diese Gesetzesinitiative zu Fall.

[7] Francis Fukuyama, *Das Ende der Geschichte,* München: Kindler 1992

[8] Bei der Eröffnung des *Centre Pompidou* im Pariser Stadtteil Beaubourg wurde eine elektronische Uhr auf den Count-down zum Jahr 2000 eingestellt.

[9] Ein Neologismus Baudrillards: In der Fachterminologie der Biologen bezeichnet der *prédateur* die Funktion des »natürlichen Feinds«, ohne den ein biologisches System aus dem Gleichgewicht gerät; anlog wäre dann *déprédation* der Zustand der »Feindlosigkeit«.

[10] Die technische Bestimmung des Todes fällt der Wissenschaft merkwürdigerweise immer schwerer: Herzstillstand, das Aussetzen der Gehirnströme, dann ... was noch? Es gibt hier mehr als einen objektiven Fortschritt: im Innern der Wissenschaft prallt irgend

etwas vor der Unbestimmbarkeit und Unhaltbarkeit des Todes auf symbolischer Ebene zurück.

11 Bert Brecht, *Gedichte 1*, Frankfurt am Main: Suhrkamp 1960, S. 131

12 Octavio Paz, »Ordnung und Zufall«, in: *Verbindungen – Trennungen (Conjunciones y disyunciones)*, übersetzt von Elke Wehr und Rudolf Wittkopf, Frankfurt: Suhrkamp 1984, S. 144 ff.

13 Es genügt völlig, daß eine Gruppen einen bestimmten Unfall oder ein bestimmtes Attentat *für sich in Anspruch nimmt: Ihre eigentliche* »Praxis« besteht dann darin, den Zufall in Subversion zu verwandeln.

14 Heute richtet sich an eine gesellschaftliche Instanz ein Rechtsanspruch – früher hat man mit dem Teufel für ein langes Leben, Reichtum und Genuß einen Pakt geschlossen. Der gleiche Vertrag, die gleiche Falle: Der Teufel gewinnt immer.

15 Das ist viel wichtiger als die Ausbeutung der Arbeitskraft zu maximieren. Am Beispiel der Rentner sieht man das: Sie werden nicht mehr ausgebeutet, man läßt sie auf Kosten der Gesellschaft leben oder zwingt sie gar zum Leben, weil sie ein lebendiges Beispiel für die *Akkumulation* des Lebens (dem Gegenteil seiner Konsumation) abgeben. Sie sind Modelle für den Gebrauchswert des Lebens, für Akkumulation und Sparen. Aus diesem Grunde haben sie in unserer Gesellschaft keinerlei symbolische Präsenz.

16 Weber, M., »Der Beruf zur Wissenschaft«, in: *Soziologie, Universalgeschichtliche Analysen, Politik*, Stuttgart 1979

17 Eine Leidenschaft macht sich erst an ihm fest, wenn er einer Person angelastet werden kann (wie dem Kapitalisten oder dem personifizierten Unternehmer) und somit wieder als Verbrechen und Opfer erfahren werden kann.

18 Yukio Mishima, *Der Tempelbrand*, übersetzt von W. Donat, 1961 (A. d. Ü.)

19 Tötung durch elektrische Schläge

20 *Hysterese*, Fortdauer einer Wirkung nach Aufhören der Ursache

21 Vgl. Sigmund Freud, *Der Wahn und die Träume in W. Jensens »Gra-*

diva«, hg. von B. Urban und J. Cremerius, Frankfurt/Main: Fischer 1973

[22] Boulogne-Billancourt, Standort eines Hauptwerkes von Renault und traditionsreiche Hochburg der französischen Arbeiterbewegung. Von Billancourt gingen 1917, 1934 und 1936 Streikwellen und Fabrikbesetzungen von nationaler Bedeutung aus.

[23] *Il crollo della Balivera* (»Des Schickals roter Faden«) von Dino Buzzati (1906–1972)

ABBILDUNGEN. Ihren Namen verdanken *Fraktale* der Eigenschaft, daß sie eine gebrochene (»fraktale«) Dimension haben. Ein Beispiel ist die nach dem schwedischen Mathematiker Helge von Koch benannte *Kochsche Schneeflockenkurve.* Bei ihrer Konstruktion unterteilt man eine Strecke in drei gleich Teile, nimmt das mittlere Stück heraus und ersetzt es durch zwei Seiten eines gleichseitigen Dreiecks (Seite 163). Denselben Vorgang wiederholt (»iteriert«) man an jedem der auf diese Weise entstandenen Teilstrecken (Seite 113), danach an den jetzt entstandenen Teilstrecken (Seite 59,5) usw.
Zu den Charakteristika der Schneeflockenkurve gehört, daß sie wie eine russische Puppe verkleinerte Modelle ihrer selbst enthält.
Eine weitere Eigenschaft ist, daß die Kurve ins Unendliche wächst, da sie mit jeder Iteration um den Faktor 4/3 länger wird. Dabei wird sie immer »dichter«, sozusagen schaumig (Seite 5). Die Dimension *n* dieser Kurve ist keine ganze Zahl. Der Wert von *n* läßt sich berechnen, er liegt irgendwo zwischen 1 (der Dimension einer Linie) und 2 (der Dimension einer Fläche).
Staatsgrenzen, Küsten- oder Umrißlinien natürlicher Gegenstände lassen sich als Fraktale deuten. Je kleinmaßstäblicher eine Landkarte ist, je detailreicher beschrieben und gemessen wird (im Prinzip könnte man ja um jedes Molekül oder Atom herummessen), desto länger werden Umrißlinien.

Inhalt

5 *Zwei Körper nebeneinander*
7 Der Teufel der Leidenschaft
36 Die endgültige Lösung oder die Rache der Unsterblichen

59 *Die Eisberg-Hypothese*
61 Der Haß. Eine äußerste Reaktion des Lebens. Gespräch mit F. Ewald
81 Mein Tod überall, mein Tod, der träumt
101 Requiem für die Twin Towers

113 *Die Kultur, die kommen wird*
115 Die Abschreckung der Zeit
131 Nach der Orgie
146 Pataphysik des Jahres 2000

163 *Die tägliche Erfahrung*
165 Die seismische Form
173 Das radikale Denken

193 *Anmerkungen*

SCHRIFTEN (AUSWAHL) VON JEAN BAUDRILLARD

Le système des objets. La consommation des signes, Paris: Gallimard 1968 (Das System der Dinge. Über unser Verhältnis zu den alltäglichen Gegenständen, Frankfurt: Campus 1991) • L'Échange symbolique et la mort, Paris: Gallimard 1976 (Der symbolische Tausch und der Tod, München: Matthes & Seitz 1982) • Kool Killer oder Aufstand der Zeichen, Berlin: Merve 1978) • Agonie des Realen, Berlin: Merve 1978 • De la séduction, Paris: Éditions Galilée 1979 (Von der Verführung, München: Matthes & Seitz 1992) • Simulacres et simulation. Paris: Éditions Galilée 1981 • À l'ombre des majorités silencieuses ou la fin du social, Paris: Denoël, Gonthier 1982 (»Im Schatten der schweigenden Mehrheiten oder das Ende des Sozialen«, in: Freibeuter 1 + 2, Berlin: Wagenbach 1979) • Laßt euch nicht verführen, Berlin: Merve 1983 • Les Stratégies fatales, Paris: Grasset 1983 (Die fatalen Strategien, München: Matthes & Seitz 1985) • La Gauche divine. Chronique des années 1977–1984, Paris: B. Grasset 1985 (Die göttliche Linke. Chronik der Jahre 1977–1984, München: Matthes & Seitz 1986) • Amérique. Paris: Grasset 1986 (Amerika, München: Matthes & Seitz 1995) • L'Autre par lui-même. Habilitation, Paris: Éditions Galilée 1987 (Das andere Selbst. Habilitation, Wien: Passagen 1994 • Cool memories. 1980–1985, Paris: Éditions Galilée 1987 (Cool Memories. 1980–1985, München: Matthes & Seitz 1989) • Paradoxe Kommunikation, Bern: Benteli 1989 • Cool memories II. 1987–1990, Paris: Éditions Galilée 1990 • La Transparence du mal. Essai sur les phénomènes extrêmes, Paris: Éditions Galilée 1990 (Transparenz des Bösen. Ein Essay über extreme Phänomene, Berlin: Merve 1992) • La Pensée radicale, Paris: Sens & Tonka 1994 • Le Crime parfait, Paris: Éditions Galilée 1995 (Das perfekte Verbrechen, München: Matthes & Seitz 1996) • Fragments. 1990–1995. Cool memories III, Paris: Éditions Galilée 1995 • L'Echange impossible, Paris: Éditions Galilée 1999 (Der unmögliche Tausch, Berlin: Merve 2000). • Fotografien – Photographies – Photographs. 1985–1998, P. Weibel (Hg.), Ostfildern-Ruit: Hatje Cantz 1999 • Architektur. Wahrheit oder Radikalität?, Graz: Droschl 1999 • Les Mots de passe, Paris: Pauvert 2000 (Paßwörter, Berlin: Merve 2002) • Cool memories IV. 1995–2000, Paris: Éditions Galilée 2000 • (mit Jean Nouvel) Les Objets singuliers. Architecture et philosophie, Paris: Calmann-Lévy 2000 • D'un fragment l'autre. Entretiens avec François L'Yvonnet, Paris: Michel 2001

TEXTNACHWEISE SHORT CUTS

Motto (Cool memories. 1980–1985, Paris 1987) • Der Teufel der Leidenschaft (Laßt euch nicht verführen!, Berlin 1983) • Die endgültige Lösung (L'échange impossible, Paris 1999) • Motto (L'Échange impossible, Paris 1999) • Der Haß (magazine littéraire, Nr. 323, 1994) • Mein Tod überall (L'Échange symbolique et la mort, Paris 1976) • Requiem für die Twin Towers (Power Inferno, Paris 2002) • Motto (Cool memories. 1980–1985, Paris 1987) • Die Abschreckung der Zeit (Tumult, Nr. 9, München 1987) • Nach der Orgie (La Transparence du mal, Paris 1990) • Pataphysik des Jahres 2000 (L'illusion de la fin, Paris 1992) • Motto (Cool memories. 1980–1985, Paris 1987) • Die seismische Form (Confrontation, Nr. 7, Paris 1982) • Das radikale Denken (La Pensée radicale, Paris: Sens & Tonka 1994)

S. 91 Dritter Lebensalter

101 Thich Tanes